इबारत

इबारत

ग़ज़लें और नज़्में

डॉ. महेन्द्र सिंह सिकरवार
'समीर'

MANJUL
मंजुल पब्लिशिंग हाउस

MANJUL

मंजुल पब्लिशिंग हाउस

कॉरपोरेट एवं संपादकीय कार्यालय

• द्वितीय तल, उषा प्रीत कॉम्प्लेक्स, 42 मालवीय नगर, भोपाल-462 003

विक्रय एवं विपणन कार्यालय

• सी-16, सेक्टर 3, नोएडा, उत्तर प्रदेश, 201301

वेबसाइट : www.manjulindia.com

वितरण केन्द्र

अहमदाबाद, बेंगलुरू, भोपाल, कोलकाता, चेन्नई,
हैदराबाद, मुम्बई, नई दिल्ली, पुणे

इबारत : ग़ज़लें और नज़्में

यह हिन्दी संस्करण 2024 में पहली बार प्रकाशित

ISBN 978-93-5543-718-1

डॉ. महेन्द्र सिंह सिकरवार 'समीर' इस पुस्तक के लेखक
होने की नैतिक ज़िम्मेदारी वहन करते हैं

मुद्रण व जिल्दसाज़ी : रेप्रो इंडिया लिमिटेड

समर्पण

(इन्तिसाब)

मेरे पूज्य पिता श्री महाराज सिंह सिकरवार और
मेरी पूज्य माताजी स्व. शान्ती देवी को समर्पित।
जिन्होंने मुझे जीवन दिया, जिन्दगी के मायने बताए
और यहां तक पहुंचाया।

''मातू पिता गुरू के बानी बिनही विचार करिअ शुभ जानी''

अपने बारे में

अपने बारे में कुछ कहूँ उससे पहले ग़ज़ल के मुतालिक कुछ बातें ज़रूरी हैं। ग़ज़ल काव्य की वह विधा है जो भारत में 1000 वर्षों का लम्बा सफर तय कर चुकी है। इसने कई बदलाव देखे, पहले जहां ये हुस्न और इश्क की बातों तक सीमित थी उसने अब दुनिया के सारे इन्सानी मसलों को अपने साथ समेट लिया! उसे जो मान सम्मान मिला, निश्चित वह उसकी हकदार थी। शायरों के कई शेरों ने तो इन्सानी ज़िन्दगी में रोजमर्रा की बातचीत में स्थान बना लिया। खैर मैं कब इसकी ओर आकर्षित हुआ और मसरूफ़ियत के बावजूद इस शौक ने मुझे खुश रहने और इन्सानी जज़्बात की पेशकश करने का एक मकसद दे डाला, इसके लिये शुक्रिया ग़ज़ल।

मैं पेशे से पुलिस ऑफीसर हूं और फिलहाल आई.जी. रीवा जोन म.प्र. के पद पर हूं और भारतीय पुलिस सेवा का 2003 बैच का अधिकारी हूँ। नौकरी में बहुत कुछ हासिल किया है – यश, सम्मान, प्यार, मेहनत करने का जुनून और वतन से मुहब्बत। यहां तक आने में 34 वर्षों का सफ़र गुज़रा है। मेरा जन्म ग्राम अरहेला, जिला मुरैना म.प्र में हुआ। मेरे जन्म के साथ ही मेरे पिता शासकीय सेवा में आ गये। तो जहाँ एक तरफ मैं परिवार के लिये भाग्यशाली रहा, वहीं मेरे मां-बाप ने परवरिश में कोई कमी नहीं रखी! मेरे पिता की 6 सन्ताने थीं जिनमें मैं सबसे बड़ा था, चार छोटी बहनें और एक छोटा भाई योगेन्द्र ''गोलू'' जिसकी 20 वर्ष की अल्प आयु में असामयिक मौत हो गई, वो मुझे बहुत अज़ीज़ था।

मेरे पिता के स्थानांतरण होते रहे और हम शहर बदलते रहे लेकिन जब हम देवास आये तब जाकर ठहराव आया। वहां हम लोग किराये के घर में रहते थे और हमारे मकान मालिक हुसैन शेख साहब थे जो उर्दू स्कूल में हेड मास्टर थे। उनके बेटों और बेटी से मैने अपनी शुरूवाती उर्दू के मायने जानने की कोशिश की। मेरे घर के पास एक तरफ श्री ठाकुर रहते थे जो हिन्दी के कवि-लेखक थे और वहीं पास में तिवारी सर रहते थे जो अंग्रेजी के प्राध्यापक थे। तो ऐसे माहौल में मेरी शिक्षा का प्रारम्भ हुआ। मेरे पिता ने मुझे सदैव नये जमाने में हो

रहे बदलावों की ओर खुले दिल से अपनाने की बात बताई और पढ़ने-पढ़ाने पर जोर दिया तथा मानवता एवं सभी इन्सानों के प्रति समभाव रखने के लिये प्रेरित किया। मेरी मां शान्तीदेवी धार्मिक गृहणी थी जिन्हें अक्षर ज्ञान भले कुछ कम था लेकिन सनातन धर्मशास्त्रों के बारे में ज्ञान था। सभी को साथ लेने की सलाहियत जो उनमें थी वह तो मिलना अब मुश्किल है। उन्होंने एक अच्छा इन्सान होने को सदैव प्रेरित किया और दोहे, कविता के प्रति प्रीति बढाई। वे अपनी धार्मिक मान्यताओं का शिद्दत से पालन करती लेकिन मोहल्ले में सभी उनकी इज़्ज़त करते थे। वहीं मेरा वास्ता पहली बार कव्वाली से हुआ जिसमें साबरी ब्रदर्स की कव्वाली ''तेरी सूरत निगाहों में सिमटी रहे इश्क तेरा सताए तो मैं क्या करूं'' ने बहुत आकर्षित किया, जो उन दिनों शादियों में भी बजती थी। मेरे पिता प्रगतिशील विचारों के थे और मुझे कवि सम्मेलनों और मुशायरों में ले जाते थे जिसने इस विधा को मुझसे जोड़ा। दरअसल उनकी दोस्ती ऐसे लोगों से थी जो ऐसे कार्यक्रम आयोजित करते थे। मैं कॉलेज के दिनों में कुछ कविता लिखने लगा, फिर ग़ज़लों, शेरों की मुहब्बत में गिरफ़्तार हो गया और जब मुहब्बत ने साथ छोड़ा तब भी ग़ज़ल मेरे साथ थी। हां फ़िल्मी गीत, ग़ज़ल हमेशा अपनी ओर खींचते रहे। फिर खुद ही एक दिन ग़ज़ल लिख डाली। वह साल 1981 था जब मैंने लिखा ''एक हसरत है कि छूलूं तेरे लबों को पैमाना बनकर'' बस सफ़र खिरामा-खिरामा बढ़ता गया। इसी बीच डिग्रियां भी बढती रहीं फिर देवास से इलाहाबाद आ गया कुछ नये दोस्त बने लेकिन नये पुरानों से राब्ता रहा जो आज भी कायम है। वहीं ''रसीदी टिकट'' का हिन्दी अनुवाद पढ़ा जो ''अम्रता प्रीतम'' ने लिखा है फिर हाथ लगी उन्हीं की लिखी ''मैं तुम्हें फिर मिलूंगी''। फिर एक रोज ट्रेन में मेरी मुलाकात हुई मेरे पसंदीदा कवि गोपाल दास ''नीरज'' से और सिलसिला कई सालों तक जुड़ा रहा, वहीं उर्दू शायरी को पहली बार मैंने दीवाने गालिब में पढ़ा ''हर एक बात पे कहते हो तुम कि तू क्या है। तुम्हीं कहो कि ये अन्दाज़-ए-गुफ़्तगू क्या है।'' फिर मैंने प्रतियोगी परीक्षा में भाग लिया और पहली बार असफल हुआ तो भी कविता-ग़ज़ल ने अच्छा साथ दिया और प्रेरित किया और फिर प्रतियोगिता में सफल हुआ। इसी बीच में मेरी मुलाकात मंजू से हुई जो बाद में शादी में तब्दील हो गई। फिर पुलिस की नौकरी में दूसरी दुनिया से वास्ता हुआ, अब दिल दिमाग सब वतन परस्ती में लग गया। इतनी मसरूफ़ियत इतने मसायल फिर दुनियादारी के काम भी। ग़ज़ल फिर कुछ दूर सी हो गई। पत्नी मंजू और बच्चे मयंक, मयूना, यज्ञेश ने बहुत साथ दिया और दोस्तों ने भी बहुत निभाया। जब भी वक्त कुछ इजाज़त देता साहित्य को पढ़ता। मुझे कैफ़ी आज़मी का ''आवारा सज्दे'' बहुत पसंद आया, इसके अलावा कृष्ण

बिहारी 'नूर', अहमद फ़राज़, नीरज, दुष्यंत कुमार, शेख मुहम्मद इब्राहिक ज़ौक़, बशीर बद्र, गुलज़ार, कुमार विश्वास, जावेद अख्तर, साहिर की रचनाओं ने बहुत प्रभावित किया। वसीम बरेलवी साहब की 'चराग' और मंजर भाई भोपाली की 'तावीज़' ने तो इस विधा से मेरा रिश्ता बहुत मजबूत कर दिया। पहले मैंने उर्दू और हिन्दी शब्दों की डिक्शनरी खुद बनाई और 30000 शब्दों को लिखा। हाँ लिखने का काम बदस्तूर जारी रहा।

भोपाल आया तो देश के मायनाज शायर मंज़र भाई भोपाली से मुलाकात हुई और उन्हें अपनी इस पसंद से वाकिफ़ कराया। उन्होंने अपनी ग़ज़लों को किताब की शक्ल देने के लिये प्रेरित किया। भोपाल मे ही मेरे दोस्त अंजुम बाराबंकवी बने। यहां मैं हमारे विभाग के दो कवियों-शायरों का ज़िक्र ज़रूर करूंगा, वे हैं श्री विजय वाते और श्री पवन जैन, जिन्होंने बहुत कुछ लिखा है। उन्होंने मुझे इस बात के लिये प्रभावित किया कि नौकरी से इतर जो आपका शौक है उसे ज़रूर परवान चढ़ाना चाहिये। ज़िन्दगी के मसायल, इश्क का खुमार, हिज्र की बातें और अपने आसपास की दुनिया के बारे में समेट कर आपकी नज़र कर रहा हूं, उम्मीद है आपका प्यार मिलेगा।

ज़ौक़ का एक शेर है-

> ''क्या कहके मुस्कराता है कि मैं कुछ नहीं कहता
> कह जो तुझे कहना है कि मैं कुछ नहीं कहता''

मुझे ग़ज़ल और नज़्मों की समझ उतनी नहीं है, बस एक कोशिश है। गलती हो तो उम्मीद है माफ़ करेंगे। फिर भी कुछ लकीरों को जोड़कर उर्दू का समावेश करके देवानागरी में लिखी है *इबारत*। अपनी बात इन पंक्तियों के साथ समाप्त करता हूँ

> क्या बताऊं के मिरा इश्क कहां तक पहुंचा
> मैं मिला उससे तो रगों के जहां तक पहुंचा
> मुतंज़िर कब से था रूसवाई के इस दिन का समीर
> किस्सा-ए-इश्क जमाने की जुबां तक पहुंचा

-डॉ. महेन्द्र सिंह सिकरवार 'समीर'
पुलिस महानिरीक्षक (रीवा जोन)
मध्य प्रदेश

ज़िंदगी का हुस्न ए बयान है महेन्द्र सिंह की शायरी

प्यारे दोस्त महेन्द्र सिंह सिकरवार ''समीर'' जी वैसे पुलिस के वरिष्ठ अधिकारी हैं। आई.जी. पुलिस हैं, लेकिन उनका दिल एक आशिक़ का दिल है और उनके दिल में सारी दुनिया का इश्क समाया हुआ है। वह खूबसूरत कविताएँ लिखते रहे हैं मगर अचानक ग़ज़ल की मुहब्बत में गिरफ़्तार हो गए। इस मैदान में उनका दिल से स्वागत है। उनकी ग़ज़लों में ज़िन्दगी के हुस्न और बदसूरती की भी अक्कासी है। जहाँ एक महबूब की परछाईयाँ इसमें नज़र आती हैं वहाँ समाजी सरोकार भी ग़ज़ल का हिस्सा है। ये इंसान के दर्द-ए-मुश्तर्क की कहानी भी है। महेन्द्र जी ने ग़ज़ल के शेरों में अपनी इस जिम्मेदारी को ख़ूबी से निभाया है। उन्होंने ग़ज़ल की नज़ाकत और उसके हुस्न को पूरी तरह बरक़रार रखा है। ग़ज़ल की नई आवाज भी उनके यहाँ सुनाई देती है और रिवायती अन्दाज़ को भी उन्होंने क़ायम रखा है। वह बहुत आसान अल्फ़ाज़ इस्तेमाल करते हैं। उर्दू-हिन्दी की बोलचाल के शब्द उनकी ग़ज़लों को एक नई भाषा से पढ़ने वालों का तआरुफ़ कराते हैं। वे अपने तखल्लुस ''समीर'' को भी सार्थक करते है!

महेन्द्र जी की ग़ज़लें जहाँ आशिक़ की बनाई हुई तस्वीरें दिखाती हैं, वहीं उनकी ग़ज़लों में इंसानों के दुख-दर्द की परछाइयाँ भी हम को नज़र आती हैं। वतन से उनकी मुहब्बत भी उनके शेरों में जारी व सारी है। ग़ज़ल के मैदान में वह नए होते हुए ग़ज़ल के पुराने माहिर शायरों के हम-क़दम लगते हैं। उनकी ग़ज़लों के दो शेर यह साबित करेंगे:

ये सच है आप हुस्न के आलम पनाह हैं
आप आएँ तो ये दीदा ओ दिल फ़र्श-ए-राह हैं
जिस्मों के ही मिलाप को समझे हैं इश्क़ आप
आप इश्क़ क्या करेंगे बड़े कम निगाह हैं

ऐसा महसूस होता है कि शब्दों को नगीने की तरह जड़ दिया है। उनकी ग़ज़लों में मासूमियत और मुहब्बत कूट-कूट कर भरी है :

अपने लब पर सदा दुआ रखना
बाग़ दिल का हरा भरा रखना
तुम से बिछड़े तो यह भी भूल गए
घर में ख़ुद को है किस जगह रखना

ये शेर तो बस नमूने हैं, उनकी किताब इससे ज़्यादा खूबसूरत शेरों से भरी पड़ी है। एक बार जब पढ़ना शुरु करेंगे तो ख़ुद को रोक नहीं पाएंगे। उनकी शायरी की एक ख़ास ख़ूबी और भी है, वह किसी ख़ास सियासी नजरिये का इश्तेहार नहीं। उनकी शायरी गैर जानिबदार और पूरी इंसानियत के लिए है। आज की शायरी कई भाषाओं के मिलाप से जन्मी है। आजकल अंग्रेजी, हिन्दी, उर्दू, फ़ारसी के शब्दों के इस्तेमाल को बेहतर समझा जाता है। इस तरह हम जो कहना चाहते हैं वह लोगों पर फ़ौरन खुल जाता है। महेन्द्र जी ने टेलीपैथी का ख़ूबसूरत इस्तेमाल किया है :

ये टेलीपैथी इश्क़ का है एक ख़ास गुण
वो बात मैंने सुन ली जो तुम ने कही नहीं

ग़ज़लों की यह किताब उनकी शुरुआत है। उनकी ग़ज़लों को पढ़कर लगता है वह आगे नई ग़जल के गुरु बनेंगे। उनकी ग़ज़लों में जिस खूबी से भाषा का इस्तेमाल हुआ है और जो लय और संगीत है वह बहुत दिनों में ग़ज़ल कहने वालों के हाथ आता है। वे पहले क़दम पर ही इस मैदान में कामियाब दिखाई दे रहे हैं।

मैं उनको उनके ग़ज़ल संग्रह *इबारत* के लिए मुबारकबाद देता हूँ और उम्मीद करता हूँ कि आगे भी उनका क़लम अदब में इसी तरह नए फूल खिलाता रहेगा और उनकी शायरी की ख़ुशबू साहित्य के गलियारों में इसी तरह महकती रहेगी।

–'मंज़र' भोपाली

महेंद्र सिंह सिकरवार "समीर"- ग़ज़ल का ताज़ा हवाला

जनाब महेंद्र सिंह सिकरवार "समीर" जिन्हें मैं मुहब्बत से महेंद्र भाई कहता हूं, हर्फ़ ओ लफ़्ज़ के फ़ासले को रौशनी से, तेज़ रफ़्तारी से तय करने का हौसला रखते हैं। ये पत्थर में मोम की सिफ़त पैदा करने का हुनर जानते हैं। ये सब इसलिए भी सच हो जाता है क्योंकि ये आसुओं की ताक़त जानते हैं। इन्हें सुबह ओ शाम की अहमियत इसलिए मालूम है की ये दोनो वक्त के सूरज की कैफ़ियत से वाक़िफ़ हैं। ये रात की कदर इसलिए करते हैं कि रात बहुत से लोगों की सच्ची राज़दार है। ये बने बनाए रास्तों से गुरेज़ करते हैं। इनकी ग़ज़ल में इसी सबब ज़माने भर के मसाइल आकार हसीन और खूबसूरत हो जाते हैं। आप इस किताब के एक-एक वरक़ पर रुक कर इनकी मेहनत को सलाम करेंगे, दुआ देंगे, तरीफ़ी जुमले बोलेंगे। इस किताब के हीरे मोती आपका दामन ए दिल अपनी तरफ़ खीचेंगे, ये तय है। दोस्तों मैंने जान बूझकर कोई शेरी इंतेखाब दर्ज नहीं किया है। ये काम आप पर छोड़ता हूँ की आप पढ़ कर मेरी गुज़ारिशात को परखें जो मैंने महेंद्र जी की शायरी के हवाले से पेश की है। एक बात और अर्ज़ करता चलूँ, इस किताब के बहुत से शेर ऐसे हैं जो आने वाले दिनों में लोगों की ज़बान पर होंगे जिनके नएपन का तज़्किरा होगा, ऐसा मेरा यक़ीन है। दो शेर देखें और आप ख़ुद ही समझेंगे कि शायरी किस शऊर से लिखी गई है!

पोशाकें इनकी होती है बस चार मास की
इन मौसमों को फ़िक्र नहीं है लिबास की
नज़दीक था तो मैं नज़र अन्दाज हो गया
चीज़ें दिखाई देती नहीं आस पास की

-डॉ . अंजुम बाराबंकवी
भोपाल

महेन्द्र सिंह की शायरी - ताज़ा हवा का झोंका

डॉक्टर महेंद्र सिकरवार का प्रथम ग़ज़ल संग्रह *इबारत* एक ताज़ा हवा के झोंके की तरह है, जिसे आप एक बार पढ़ना शुरू करेंगे तो यक़ीनन देर तक उसके पाठन का आनंद उठाना चाहेंगे।

चंबल क्षेत्र की ग्रामीण पृष्ठभूमि के आरंभिक सफ़र के बावजूद उन्होंने विद्यार्थी जीवन में उर्दू और ग़ज़ल से नाता जोड़ा और उनके अंदर के लेखक को नामचीन शायरों और बड़े कवियों की रचनाओं ने प्रेरणा दी।

पुलिस की कठिन नौकरी और व्यस्तताओं के बावजूद उन्होंने शायरी के प्रति अपने जुनून को इस ग़ज़ल संग्रह के माध्यम से अभिव्यक्त किया है। उनकी बहुत सारी रचनाओं में उनके परिवेश, उनके अपनों और उनके सपनों की आवाज़ सुनाई देती है।

इस संग्रह में उनकी ग़ज़ल, नज़्म और शेर बहुत सहज और सरल उर्दू के साथ देवनागरी लिपि में हैं, जो पाठक के साथ पहले पन्ने से ही अपना रिश्ता जोड़ लेते हैं।

उम्मीद है कि उनकी ग़ज़ल और शायरी इस पुस्तक से आगे जाकर भी उन श्रोताओं तक पहुँचेगी जिन्हें इस दौर में कुछ नयेपन का इंतज़ार रहता है। उनकी इस प्रथम कृति के प्रकाशन के लिए हार्दिक बधाई और आकाश भर शुभकामनाएँ

–पवन जैन

कवि

पुलिस महानिदेशक, मप्र (सेवा निवृत्त)

इंसानी एहसास का हसीन पैकर तराश महेन्द्र सिंह 'समीर'...

शायरी इंसान के जज़्बात व अहसासात को रकम करने का नाम है। एक ऐसा एहसास जिसके ज़रिया इंसान बिना देखे और छुए समझ लेने की कुदरत रखता हो। इसलिए शायरी में एहसास की लचक और शाऊर की पुख्तगी जुज़वे लाइंफिक की हैसियत रखती है शायरी पढ़ने से अंदाजा होता है की उन्होंने ज़िंदगी के खट्टे मीठे तजरबात को अपनी शायरी में पेश किया है। उनकी शायरी ज़िंदगी का मरसिया नहीं बल्कि ऐसा नगमा है जिसे मुहब्बत के साज़ पर हर कोई गुनगुनाना चाहता है। समीर की शायरी अपने पाठक को मायूसी के दलदल में धकेलती नहीं है उसे ज़िंदगी जीने का हौसला देती। उन्होंने अपनी ग़ज़लों में जिन बहरों का इस्तेमाल किया है उनमें एक खास शिरिनी और नगमगी पाई जाती है। इसकी खास वजह यह है की डॉ. महेन्द्र सिंह को लफ़्ज़ों पे दस्तरस हासिल है। वह जिस लफ्ज़ को जिस तरह चाहें बरतें इससे उनकी शायरी में एक खास हुस्न पैदा होता है और जब उनका पाठक उसे पढ़ता है तो उसे महसूस होता है की यह गोया वही ख़याल हैं जो उसके अपने दिल का एहसास है। *इबारत* की ग़ज़ल पढ़ने और महसूस करने से ताल्लुक रखती है

–डॉ. महताब आलम
प्रिंसिपल कॉरेस्पोन्डेंट
न्यूज़ 18 उर्दू, मध्य प्रदेश

वक्त से गुफ़्तगू करतीं समीर की ग़ज़लें

महेंद्र सिंह सिकरवार 'समीर' की ग़ज़लों से संवाद करने का अवसर मिल रहा है और इस यात्रा के दौरान जो मैंने पढ़ा, समझा या जानने की कोशिश की उससे एक बात बिल्कुल स्पष्ट होती है कि अपनी तमाम ज़िम्मेदारियां और व्यस्तताओं में रहते हुए लिखने का वक़्त निकला जा सकता है। इसके लिये साधुवाद।

जब मैं महेन्द्र जी की ग़ज़लें पढ़ रहा था तो उदारता, बड़प्पन, प्रेम की बात होती है। वह कितने सहज तरीके से आपके शेरों में स्पष्ट है उसकी एक बानगी देखिए,

नज़र बख़्शी है उसने आम लोगों से अलग मुझको
जो क़तरा देखता हूं मुझको वह दरिया नज़र आता है

मुझे बरबस अकबर इलाहाबादी साहब याद आ रहे हैं जो कि इसी इलाहाबाद (प्रयागराज) में न्यायिक मजिस्ट्रेट थे और अंग्रेज़ों का शासन था। बावजूद उसके अपने व्यंग्य की पैनी धार से उन्होंने लिखने-पढ़ने का न सिर्फ जज़्बा जगाए रखा था बल्कि कैसे अपनी शायरी के माध्यम से जन जागरण और समाज में उसकी भूमिका क्या हो और खास तौर से एक अख़बार एक पत्रकार की क्या हैसियत हो सकती है, इस पर लिखा था,

खीचों ना कमानो को न तलवार निकालो
जब तोप मुकाबिल हो तो अख़बार निकालो

डॉ. महेन्द्र सिंह साधारण शब्दों से बड़ी बात कहने का हुनर जानते हैं। मुश्किल शब्दों का प्रयोग करके अपने पाठक को उलझाते नहीं है। सरल शब्दों में इस तरह से अपनी बात कहते हैं जिससे पाठक को लगता है कि यह वही ख्याल है जो मेरे दिल का एहसास है।

अद्भुत है यह शेर, ''झूठ सच अच्छा बुरा क्या है यह जांचे लेकिन अपने चेहरे को भी आईना बनाए रखिये।''

मैं यही कहूंगा कि इस ग़ज़ल संग्रह में ज़िंदगी के हर पक्ष को लेकर दुनिया, समाज, वक्त, रिश्ते के बारे में लिखा है, क्योंकि इस संग्रह में उनका व्यक्तित्व और कृतित्व दोनों परिलक्षित हो रहा है और वह भी पूरी ईमानदारी के साथ। सच बात यह भी है कि हमारी यह लेखनी ही हमको अक्षुण्ण और अक्षय बनाए रखती है, बाकी देह का अंत तो निश्चित है पर हमारा काम याद किया जाएगा। निश्चित तौर पर यह संग्रह साहित्य को और समृद्ध करेगा और अपने एक दोहे से महेंद्र जी को विशेष हार्दिक बधाई एवं आत्मीय शुभकामनाएं प्रेषित करते हुए अपनी बात को विराम देता हूं,

लिखा-किया रह जाएगा, रहता नहीं शरीर
इसीलिए मरते नहीं, तुलसी सूर कबीर

-डॉ. श्लेष गौतम
प्रयागराज

मुहब्बतों का सलीका सिखाती महेन्द्र सिंह की शायरी

महेंद्र सिंह सिकरवार ''समीर'' मध्यप्रदेश पुलिस में छत्तीस बरस पहले उप पुलिस अधीक्षक के पद से सेवा में आये थे। यह वो पद होता है जो जमीनी स्तर पर सर्वाधिक महत्वपूर्ण होता है। इस स्थान पर बैठा व्यक्ति अगर दृष्टि दौड़ाये तो उसके आसपास कविता का एक लम्बा उपवन फैला हुआ होता है। उसमें प्रेरणा के फूल खिले होते हैं तो अनुभव के कांटे भी बिछे होते हैं। यहीं से कोमल और संवेदनशील मन को कलम की स्याही मिलती है जो कागजों पर उतरकर जमाने को रोशन कर देती है।

उनका यह ग़ज़ल संग्रह *इबारत* जिसमें नज़्मे और ग़ज़ले भी हैं, उसी उपवन के फूल हैं जिसमें उन्होने गत छत्तीस बरस तक नंगेपांव चलने का अहसास पाया है। उसकी नर्म दूब और कहीं मिट्टी के ढेले तो कहीं खारों के ढेर उन्होंने लांघे हैं। शब्द मंत्रमुग्ध करते हैं, बस उन्हें सलीके से सजाने वाला हो। इसी सलीके को हासिल किया है महेंद्र जी ने अपने इस संग्रह में। आप पहली ग़ज़ल का पहला शेर देखें

मालिक-ए-बाग़ तिरा बाग हरा कैसे हो
तेरी नियत ही बुरी है तो भला कैसे हो।

यह शेर साफ़गोई से कहता है कि आपका बाग हरा तब ही होगा जब आपकी नियत साफ़ होगी। और एक बड़ा उदाहरण लेखक स्वयं हैं अपने बाग को सदा हरा रखने में कामयाब रहने पर।

बहुत मुश्किल होता है पुलिस में वरिष्ठ अधिकारी के ऊँचे आसन पर बैठकर गलती को नज़र अंदाज करना। लेकिन लेखक बहुत ऊँचे पर बैठकर भी कहते हैं :

जो गलत हो गया करके नज़र अंदाज उसे
अच्छी बातों की तरफ़ ज़ेहन को मोड़ा जाये।

यही बात तो जो जैसे हैं वैसे हैं को उजागर करते हुए उनकी रूहानी ताकत को यहां उकेरती है।

इस वर्दी की नौकरी में आकर बहुत से ऐसे मंजर देखे हैं जो आमतौर पर लोगों को देखने को नहीं मिलते। उन खूंख्वार बाजुओं से भी दो-दो हाथ करने का मौका मिलता है जो शांति और कानून के लिये घातक होते हैं, तो ऐसे चीथड़े जिस्मों से भी रू-ब-रू होते हैं जिन्हे देखकर आँखों में गुस्से का समुंदर उतर आता है। कुछ इसी दर्द को अपने शब्दों में इस तरह बयान करते हैं महेन्द्र जी :

मेरा शहर लगता है जज़्बों से खाली
ये किस राह पर लोग चलने लगे हैं।

और फिर आत्मविश्वास का हिमालय आकर कहता है :

सब चिराग़ अपनी उम्मीदों के जलाये रखिये
टूटते क्यों हैं यकीं खुद पे बनाये रखिये।

एक बेहतरीन किताब, जो जीने के सलीके और मुहब्बतों के तरीके लेकर आपके हाथों में आई है। इसे पहले अक्षर से जब आप पढ़ना शुरू करेंगे तो पूरी पढ़े बिना आप रख नहीं पायेंगे। मेरी शुभकामनायें हैं लेखक, साथी और विभाग में मेरे वरिष्ठतम अधिकारी के रूप में, जिनके पद और मेरे बीच शिखर से तराई का अंतर है। लेकिन वे लेखक हैं इसीलिये तो किसी अंतर को नहीं मानकर अपनी किताब का पन्ना मुझे सौंप दिया है।

–चौधरी मदन मोहन 'समर'
भोपाल

ग़ज़ल

1

क्या बताऊं के मिरा इश्क़ कहां तक पुहंचा
मैं मिला उस से तो रंगों के जहां तक पुहंचा

उस ने भी मान लिया उसका मैं दीवाना हूं
मैं के दीवाना मिज़ाजी[1] में यहां तक पुहंचा

तेरी आँखों के इन आईनों में है अक्स[2] मिरा
मेरी तक़दीर तो देखो मैं कहां तक पुहंचा

ज़िन्दगी तुझसे बिछड़ने का समय आही गया
ज़िन्दगी का ये सफ़र मंज़िले जां तक पुहंचा

मुंतज़िर[3] कब से था रुसवाई[4] के इस दिन का "समीर"
किस्साऐ इश्क़ ज़माने की ज़बाँ तक पुहंचा

---

1. दीवाना मिज़ाजी = अत्याधिक चाहने की प्रकृति 2. अक्स = परछाई 3. मुंतज़िर = प्रतिक्षारत 4. रुसवाई = बदनामी

2

कुछ भी हो रिश्ता-ए-उम्मीद न तोड़ा जाये
जो न हो ख़ुद से वो तक़दीर पे छोड़ा जाये

आख़री सांस तलक आप निभा दीजे वफ़ा
प्यार शिकवों[1] से नहीं, प्यार से जोड़ा जाये

दोस्ती के नये मानी हैं गढ़े हम सबने
क्यों नई नस्ल[2] पे ये ठीकरा फोड़ा जाये

बांटने वालों से कह दो के किसी शख़्स[3] का भी
रिश्ता इस देश की धरती से न जोड़ा जाये

जो ग़लत हो गया करके नज़र अंदाज़ उसे
अच्छी बातों की तरफ़ ज़ेहन[4] को मोड़ा जाये

कह दिया हमने जो तुम दिल की हवेली से गये
नाम अब अपना किसी से भी न जोड़ा जाये

आनी जानी है ये सत्ता तो ''समीर'' इसके लिये
देश को भूलने वालों को झंझोड़ा जाये

---

1. शिकवों = शिकायत 2. नस्ल = वंश 3. शख़्स = आदमी 4. जेहन = दिमाग

3

ये सच है आप हुस्न के आलम पनाह[1] हैं
आप आयें तो ये दीदा ओ दिल फ़रशे राह[2] हैं

जिस्मों के ही मिलाप को समझे हैं इश्क़ आप
आप इश्क़ क्या करेंगे बड़े कम निगाह हैं

ये हैं हसीं मगर इन्हें सीधा न जानिये
ज़ालिम[3] हैं और वो भी बड़े बे पनाह[4] हैं

पाते हैं इश्क़ वाले यहां आके तरबियत[5]
ये मयकदे नहीं हैं मियाँ ख़ानक़ाह[6] हैं

रहमत[7] पे तेरी छोड़ दिया हम ने फ़ैसला
या रब हमें कुबूल हमारे गुनाह[8] हैं

हम पर ही टूटना हैं सितम शहरयार[9] के
महफिल में ऐ "समीर" हमीं कज-कुलाह हैं

---

1. आलम पनाह = ईश्वर रूपी बादशाह 2. फ़रशे राह = स्वागत राह 3. ज़ालिम = क्रूर 4. बे पनाह = बहुत 5. तरबियत = प्रशिक्षण 6. खानक़ाह = संत का आश्रम 7. रहमत = कृपा 8. गुनाह = अपराध 9. शहरयार = बादशाह, राजा

4

इश्क के उस हसीं मेहताब के किस्से छोड़ो
जो हकीकत है कहो, ख़्वाब के किस्से छोड़ो

रात भर जागते रहते हो, पकड़ कर दिल को
मेरी मानों दिले बेताब[1] के किस्से छोड़ो

इस सियासत ने तो, तहज़ीब भुला दी सारी
अब नमस्ते, अदब, आदाब के किस्से छोड़ो

शाहनामों[2] में गरीबों की जगह है ही नहीं
दोस्तो रूस्तमो[3], सुहराब[4] के किस्से छोड़ो

वो जवानी थी के, हम डूब गये जज़्बों[5] में
वो तो सैलाब था, सैलाब[6] के किस्से छोड़ो

क्या ज़माना था, मुझे याद दिलाते क्यों हो
अब तो उस महफिले-शादाब[7] के किस्से छोड़ो

लग गये दोस्त मुहब्बत की तिजारत[8] में, 'समीर'
ऐसे बिकते हुये, अहबाब[9] के किस्से छोड़ो

---

1. दिले बेताब = व्याकुल हृदय 2. शाहनामों = राजाओ के ग्रंथ 3. रूस्तम = शूरवीर 4. सुहराब = रूस्तम का बेटा 5. जज़्बों = जजबात 6. सैलाब = तूफान 7. महफिले-शादाब = खुशहाली की सभा 8. तिजारत = व्यवसाय 9. अहबाब = प्रिय मित्र

5

तिरे ख़्याल से आँखों में है नमी जानाँ
मिज़ाज पूछने आई थी आशिक़ी जानाँ

ये काम वो है रुलाता है ख़ून आँखों को
के दिल लगाना नहीं कोइ दिल लगी जानाँ

यहां मकान में बिखरा हुआ सा है सब कुछ
जो तू नहीं है तो हर शय में है कमी जानाँ

अकेला बैठा हूं तकरार मुझसे कौन करे
सुनाये कौन मुझे अब खरी खरी जानाँ

''समीर'' वरना उदासी में डूबता कैसे
मयस्सर[1] आज नहीं तेरी दिलदही[2] जानाँ

1. मयस्सर = उपलब्ध 2. दिलदही = दिलासा

6

सूरत में और कोई सीरत[1] में ढूंढता है
आवाज़ में तो कोई मूरत[2] में ढूंढता है

भगवान तो दिलों में रहता है प्यार बन कर
नादान[3] जो है उस को दौलत में ढूंढता है

जब देखता है इंसां, है दाग़ चाँद में भी
अपने गुनाह[4] अपनी फ़ितरत में ढूंढता है

जन्नत[5] हो वो के दोज़ख़ है सब कुछ तेरे अंदर
बाहर कहां किसी की सूरत में ढूंढता है

वो कोई शय नहीं है वो नूर इश्क़ का है
उसको ज़हीन[6] उस की कुदरत[7] में ढूंढता है

है ज़ात तेरी ऐसी नफ़रत नहीं है तुझ में
तेरा "समीर" तुझ को उलफ़त[8] में ढूंढता है

---

1. सीरत = स्वभाव, चरित्र 2. मूरत = मूर्ति 3. नादान = छोटा 4. गुनाह = अपराध
5. जन्नत = स्वर्ग 6. ज़हीन = विद्वान 7. कुदरत = प्रकृति 8. उलफ़त = प्यार

7

पोशाकें इनकी होती हैं बस चार मास की
इन मौसमों को फ़िक्र नहीं है लिबास[1] की

आये और आके मुझको रुला कर चले गये
परवा नहीं की तुम ने मिरे इल्तिमास[2] की

नज़दीक था तो मैं नज़र अंदाज़ हो गया
चीज़ें दिखाई देती नहीं आस पास की

ग़ैरों पे कीं नवाज़िशें[3] ये क्या सितम किया
सेवाएं सारी भूल गये अपने दास की

उसने हवास छीन लिये इक निगाह में
बातें मैं किस तरह करूं होशो-हवास की

फैला है नफ़रतों का धुआं इस क़दर ''समीर''
चीज़ें तमाम खोने लगीं आसपास की

1. लिबास = पहनावा 2. इल्तिमास = निवेदन 3. नवाज़िशें = कृपा

8

न माने दिल तो भी, चेहरा बदलना पड़ता है
न चाह कर भी, कभी साथ चलना पड़ता है

हर इक कहानी में, किरदार[1] आते रहते हैं
हमें भी अपना, रवय्या[2] बदलना पड़ता है

जो पत्थरों में बदल जायें, एहले शहर[3] सभी
फिर एहले दिल[4] को भी, तेशे[5] में ढलना पड़ता है

जो चाह रखते हैं सुबहों की, ऐसे लोगों को
चिराग़ बनके अंधेरों में, जलना पड़ता है

जो अपना दर्द छुपाना हो, सारी दुनिया से
तो रंग झूठ का, चेहरे पे मलना पड़ता है

''समीर'' होने का, अपने सुबूत दो कोई
यहां बनाये उसूलों, पे चलना पड़ता है

1. किरदार = चरित्र 2. रवय्या = व्यवहार 3. एहले शेह्र = शहरवासी 4. एहले दिल = दिल रखने वाले 5. तेशे = साचें

9

जब से खामोश, रहना आया है
खुद को खुद से, करीब पाया है

रोजो शब[1], मुसकराते रहते हैं
दिल के ज़ख्मों को कब दिखाया है

तेरा किरदार[2] तय किया उसने
यार जिस ने तुझे बनाया है

हम को सांसों के पड़ गये लाले
यूं हवाओं ने आज़माया है

आइने बेचते थे जो उनको
वक्त ने आइना दिखाया है

हिम्मतों वाले जीतते हैं ''समीर''
वक्त ने सब को आज़माया है

1. रोजो शब = रात दिन 2. किरदार = चरित्र

10

जो आसमां तक पहुंच सके वह कमंद[1] रखिये
न दिल के बटुए में, अपने ख़्वाबों[2] को बंद रखिये

कभी भी मौसम की सख़्तियों से न हार मानें
ये वक़्त वो है, कि हौसलों को बुलन्द रखिये

हर इक दिल में अगर उतरना है आप को तो
सुख़न[3] में अपने, मुहब्बतों की सुगंध रखिये

हसीन नज़्में हसीन ग़ज़लें अगर है लिखना
हसीन चेहरे भी अपनी आँखों में चन्द रखिये

''समीर'' उसकी पसन्द भी है बहुत ज़रूरी
पर उस में शामिल ज़रा सी अपनी पसन्द रखिये

---

1. कमंद = फंदा 2. ख़्वाबों = सपने 3. सुख़न = बातचीत

11

ख़ुद आप अपनी ही पहचान होना चाहता है
वो अपनी धरती पे जीशान[1] होना चाहता है

तरक़्क़ी देख के अपनी मुझे ये लगता है
ख़ुदा भी मुझ पे मेहरबान होना चाहता है

उसे मिले है ख़ुशी सब को बांटकर ख़ुशियाँ
वो आदमी तो है इंसान होना चाहता है

उरूज[2] पाने की ख़्वाहिश[3] है इस तरह उसको
हर एक दिल का वो अरमान होना चाहता है

''समीर'' दिल तो मिरा प्यार का पुजारी है
सघन तिमिर में वो दिनमान[4] होना चाहता है

1. जीशान = ताकत 2. उरूज = उत्थान (ऊपर उठान) उन्नति 3. ख़्वाहिश = चाहत
4. दिनमान = सूर्योदय से सूर्यास्त की अवधि

12

सब चिराग़[1] अपनी उम्मीदों के जलाये रखिये
टूटते क्यों हैं यक़ीं[2] खुद पे बनाये रखिये

झूठ सच अच्छा बुरा क्या है ये जांचें लेकिन
अपने चेहरे को भी आईना दिखाये रखिये

जाने कब कोई मुहब्बत की दुआ ले आये
काफ़िरों[3] को भी पता घर का बताये रखिये

फिर यक़ीं आयेगा नफ़रत है कहाँ प्यार कहाँ
नज़रें अखब़ारों के पन्नों पे गड़ाये रखिये

जुर्मों करमों की सज़ा है वही देने वाला
पग ज़मीं पर, नज़र अमबर पे जमाये रखिये

ज़िन्दगी देखने पढ़ने की सिफ़त[4] आप में है
ऐ ''समीर'' अपनी ये पहचान बनाये रखिये

---

1. चिराग़ = दीपक 2. यक़ीं = विश्वास 3. काफ़िरों = विधर्मी 4. सिफ़त = प्रशंसा, गुण

13

सब के हिस्से में हो इनआम ज़रूरी तो नहीं
सब को मिल जाये कोइ नाम ज़रूरी तो नहीं

साक़ी[1] रखता है हिसाब अपने सभी कर्मों का
अपनी क़िस्मत में भी हो जाम ज़रूरी तो नहीं

कारे-दुनिया[2] हमें मुहलत[3] नहीं देते अक्सर
आप को हम से कोई काम ज़रूरी तो नहीं

जो भी हैं शिकवे[4] शिकायत वो अकेले कर लें
हों शिकायात सरे-आम ज़रूरी तो नहीं

एक अंजाम[5] ही होता है अधूरा पन भी
हर कहानी का हो अंजाम ज़रूरी तो नहीं

आशिक़ी करने का अपना भी इरादा है ''समीर''
तुम से मिलते रहें हर शाम ज़रूरी तो नहीं

---

1. साक़ी = मदिरा पिलाने वाली/वाला 2. कारे-दुनिया = दुनियां का काम 3. मुहलत = अवकाश 4. शिकवे = शिकायत 5. अंजाम = परिणाम

14

इक चेहरा है इन आँखों में कुछ धुंदला सा कुछ उजला सा
उस में इक ख़ूबी है ये भी लगता है अपना अपना सा

ख़ुशियाँ ढूंढने निकले थे हम लेकिन इस मंज़िल पर हैं पुंहचे
छाया है नज़रों के आगे रंजो अलम[1] का कुछ कोहरा सा

बीवी बच्चे माता पिता हों भाई बहन भी साथ हों मेरे
इक घर हो सब घर वाले हों ख़्वाब है मेरा बस इतना सा

दुनिया की आपाधापी में कैसे हों रूमानी[2] बातें
ख़ुशबू फूल गुलाबी[3] आरिज़ लगता है सब कुछ सपना सा

मायावी इस युग में हैं हम मिलती हैं सांसें भी कम कम
पेड़ गये छाया भी रूठी चारों ओर है अब सेहरा[4] सा

---

1. रंजो अलम = बहुत अधिक शोक 2. रूमानी = प्रणययुक्त 3. गुलाबी = आरिज गुलाब सा 4. सेहरा = मरुस्थल

15

इतने हासिद[1] हैं के हर बात को झुठलाते हैं
अपनी दानाई[2] की तारीफ किये जाते हैं

ख़शबूयें मरती चली जाती हैं इस कारण से
आप तो उनके स्वागत से भी कतराते हैं

ज़िद है इसको भी के क़ातिल की गली में चलिये
इश्क़ मत कर दिले नादान को समझाते हैं

ज़िन्दगी को मिरी ख़ुशियों की थी चाहत लेकिन
रंजो ग़म[3] हैं के मिरे साथ चले आते हैं

हम तो जिस्मों[4] को जला देते हैं मर जाने पर
जाने वाले किसे मालूम कहां जाते हैं

ऐसे फ़नकार[5] हैं अपनी इसी दुनिया में ''समीर''
हम भी शायर हैं ये कहते हुए शरमाते हैं

---

1. हासिद = ईर्ष्यालू 2. दानाई = अक्लमंदी, बुद्धिमता 3. रंजो ग़म = दुख दर्द
4. जिस्मों = शरीर 5. फनकार = कलाकार

16

कोई आया था के वो जाने अदा याद आई
फिर मुझे दिल के धड़कने की सदा याद आई

जब मिरे ज़ख़्मों को नरमी से छूआ था तूने
बे वफ़ा वो तिरी थोड़ी सी वफ़ा याद आई

बाद दिल देने के आज उससे बिछड़कर हमको
कैसे दिल उसने लिया था वो अदा याद आई

तेरे इक़रारे मुहब्बत पे जो सोचा हमने
वो खमोशी में निहां तेरी नवां[1] याद आई

जब किया रब का तस्व्वुर[2] तो ''समीर'' आँखों को
वो जो सूरत थी बड़ी होशरुबा[3] याद आई

---

1. नवां = ध्वनि, स्वर 2. तस्व्वुर = कल्पना 3. होशरुबा = प्रेमिका (महबूबा) होश लेने वाला

17

मालिक-ए-बाग़[1] तिरा बाग़ हरा कैसे हो
तेरी निय्यत ही बुरी है, तो भला कैसे हो

मेरे दिलबर मेरे, सपनो के खुदा कैसे हो
जब वो रस्ते मे मिला, पूछ लिया कैसे हो

कल लिफाफे में मिला, अशकों[2] से भीगा काग़ज़
मैंने पूछा था, उसे जान - ए - वफ़ा कैसे हो

खिड़कियॉ ज़ेहन[3] की खोली ही नही थीं हमने
यार ग़ज़लों में, कोई शेर नया कैसे हो

तरबियत[4] इश्क के स्कूल में, पाई हीं नहीं
वो जो कोशिश भी करें, उनसे वफ़ा कैसे हो

हर ज़रूरत ही मिरी, मुझ से लहू मांगती है
तू बता ज़ीस्त तिरा हक ये अदा कैसे हो

थपथपा कर मिरे कांधे को, किसी रोज़ ''समीर''
कोई तो आके ये पूछे, के ख़फ़ा[5] कैसे हो

---

1. मालिके-ए-बाग़ = उपवन का स्वामी 2. अशक = आंसू 3. ज़ेहन = दिमाग
4. तरबियत = प्रशिक्षण 5. खफ़ा = नाराज

18

कहां से तुम्हारी सदा आ गई
कि खुश्बू लिये फिर हवा आ गई

तुम्हारा सितम[1] भी बहुत खूब था
लबों[2] पर हमारे दुआ आ गई

मैं कैसे सुनाता उन्हें हाले दिल
ज़रा सा छुआ तो हया आ गई

मुहब्बत ने हम को सिखाया अदब
हमें ज़िन्दगी की कला आ गई

रहा सुख तो खुद को भी भूले रहे
मिला दुख तो यादे-ख़ुदा[3] आ गई

'समीर' अनगिनत दिल लहू हो गये
जो हाथों पे उसके हिना आ गई

---

1. सितम = जुल्म 2. लबों = होठों 3. यादे-ख़ुदा = ईश्वर की याद

19

तुम जो छूलो तो फूल खिल जाये
ये मिरा ज़ख़्मे दिल[1] भी सिल जाये

वक़्ते आख़िर[2] ये आरज़ू[3] है मिरी
चार यारों का साथ मिल जाये

सच हमें बोलने नहीं देता
वरना बुनयादे क़स्र[4] हिल जाये

लाख समझा रहा हूँ इसको मगर
तेरे घर की तरफ़ ही दिल जाये

इनको रखिये न आप धरती पर
मखमलीं पाँव ये न छिल जाये

इस से पहले के खाक हम हों ''समीर''
हम को इक दिन कहीं वो मिल जाये

---

1. ज़ख़्मे दिल = दिल के घाव 2. वक़्ते आख़िर = जीवन के अन्त मे 3. आरज़ू = आकांक्षा
4. बुनयादे कस्र = महल का आधार

20

गुम करके अपना नाम तिरे नाम के हुये
हमने किया जो इश्क़ तो हम काम के हुये

इंसानियत को भूल गये आज के ये लोग
बंदे हुये ख़ुदा के न ये राम के हुये

करते वो तीरगी[1] को जो रौशन तो बात थी
वो चाँद सिर्फ़ अपने दरो-बाम[2] के हुये

आँखों ने तेरी हमको गिरफ़्तार यूं किया
मयख़ाने के न मय के न हम जाम के हुये

तुझ से बिछड़ के रास न आया कोई भी काम
फिर उम्र भर को हम दिले-नाकाम[3] के हुये

जो दिन ''समीर'' हमको मिले माँ की गोद में
वो दिन ही ज़िनदगी में बस आराम के हुये

---

1. तीरगी = अंधेरा 2. दरो-बाम = दरवाजा और खिड़की 3. दिले-नाकाम = प्यार में असफल ह्दय

21

मैं भी हैराँ[1] था वो भी हैराँ थे
ख़्वाब में कल वो मेरे मेहमां[2] थे

आये हैं ख़ामियां[3] गिनाने मिरी
आईने से जो कल परीशां[4] थे

चढ़के सूली पे सब उतार दिये
ज़िंदगी तेरे जितने एहसां[5] थे

दिल के दुश्मन ने दिल ही तोड़ दिया
मेरे दिल में हज़ारों अरमाँ थे

प्यार क्या शय है बाद में समझे
हम भी नादाँ थे वो भी नादाँ थे

आप को भी समय ने दूर किया
आप ही थे जो राहते जाँ[6] थे

दिन वो बचपन के खो गये हैं ''समीर''
हाय वो दिन जो जाने जानाँ थे

---

1. हैराँ = अवाक 2. मेहमां = मेहमान 3. खामियां = कमियां 4. परीशां = परेशान
5. एहसां = एहसान 6. राहते जाँ = दिल खुश करने वाला माशूक

22

उल्फत[1] न बेश-क़ीमत सामान में मिलेगी
ये वो दवा है दिल की दुकान में मिलेगी

कैसे ख़ुशी मिलेगी मेले में नफ़रतों के
या तो दुआओं में या वरदान में मिलेगी

उसकी हरारतों[2] में एहसास तेरा होगा
जो धूप घर के आँगन, दालान में मिलेगी

उस में ही बचपने के सब रंग भी मिलेंगे
सारी शरारत उसकी मुसकान में मिलेगी

होती दुखी है कितनी शायर की आत्मा भी
ये बात ''मीर'' जी के दीवान में मिलेगी

रोटी तिरी महक में मिट्टी की है महक भी
जो है सुगंध उसकी वो धान में मिलेगी

1. उल्फत = प्रेम 2. हरारतों = उष्णता, गर्मी

23

अपने ऐबों[1] को न ऐसे टालिये
अपने भीतर भी नज़र इक डालिये

सारे जग में सब से अच्छे आप हैं
अपने अंदर ये भरम मत पालिये

दूर क्यों हैं आईये मेरे क़रीब
हाथ मेरे हाथ में तो डालिये

बे तकल्लुफ़[2] हमसे जब वो हो गये
हम भी उनके साथ कुछ इतरालिये

इतने दिन बाद आये हैं वो भी उदास
रंग में यूं भंग तो मत डालिये

हम से जब ख़ुशियों ने मुंह फेरा "समीर"
हम ने भी फिर रंजो ग़म[3] अपना लिये

1. ऐबों = कमीयां 2. तकल्लुफ़ = शिष्टाचार 3. रंजो ग़म = दुख दर्द

24

सब खो गये निगाह में जो माहताब[1] थे
हम भी कभी जवां थे हमारे भी ख़्वाब[2] थे

इक दिन हवा ने सफ़हे[3] वो सारे पलट दिये
जिस में तुम्हारा जिक्र था सूखे गुलाब थे

सब असलियत दरिन्दों की लोगों पे खुल गई
चेहरे से फिर उतर गये जितने नक़ाब थे

इक इश्क़ क्या किया के गिरा हम पे आसमां
हम पर ही टूटे दोस्तों जितने अज़ाब[4] थे

हम से ये कह गये के फ़क़त[5] प्यार ही करो
हम सब के जो बुज़ुर्ग थे सब लाजवाब थे

काया है उजली दिल हैं तमस[6] से भरे ''समीर''
अब चेहरे वो कहां हैं जो रौशन किताब थे

1. माहताब = चांद 2. ख़्वाब = सपने 3. सफ़हे = पन्ने 4. अज़ाब = पाप के बाद मिलने वाला दण्ड 5. फक़त = सिर्फ 6. तमस = गर्मी

25

अपने लब पर सदा दुआ रखना
बाग़ दिल का हरा भरा रखना

तुम से बिछड़े तो ये भी भूल गये
घर में ख़ुद को है किस जगा[1] रखना

सब के बारे में सोचना अच्छा
दिल को तुम मिसले आइना[2] रखना

सीखना है वफ़ा शनासी[3] तो
साथ में एक बे वफ़ा रखना

वो कभी [4]राम हो ही जायेगा
उसको याद करना राबता[5] रखना

ऐश में ग़म को मत भुलाना "समीर"
आँसुओं से भी सिलसिला[6] रखना

---

1. जगा = जगह, स्थान 2. मिसले आइना = आईने की तरह 3. वफ़ा शनासी = कृतज्ञन
4. राम होना = राज़ी होना 5. राबता = संपर्क 6. सिलसिला = लगातार

26

हौसला बुझते चिराग़ों का बढ़ाया जाये
हो जहाँ रात वहाँ दिल को जलाया जाये

दुख गरीबी का अजिय़्यत[1] से भरा होता है
सर से बच्चों के न मां बाप का साया जाये

सब लहू मेरा ज़रूरत ने मिरी चूस लिया
ज़िंदगी क़र्ज़ तिरा कैसे चुकाया जाये

वो मुहब्बत की है मूरत वो वफ़ा की देवी
दिल के मंदिर में उसे लाके बिठाया जाये

मोहतरम[2] हैं तिरे बखशे हुये आँसू जानाँ
प्यार से अब इन्हें पलकों पे सजाया जाये

प्यार में सब हैं बराबर तो अना क्यों हो ''समीर''
हम ही चलते हैं अगर उन से न आया जाये

---

1. अजिय़्यत = कष्ट 2. मोहतरम = आदरणीय

27

इल्तिजा[1] पर वो चला आये ज़रूरी तो नहीं
तप बिना रब हमें मिल जाये ज़रूरी तो नहीं

बे ज़मीरों[2] की है इक भीड़ यहाँ चारों तरफ़
जुर्म कर के कोइ पछताये ज़रूरी तो नहीं

कभी होठों की मिठासें भी तो चख सकते हैं
रोज़ हम मिलके पीयें चाय ज़रूरी तो नहीं

शेर गहरे हों तो आते हैं समझ में कम कम
दाद हर शेर पे मिल जाये ज़रूरी तो नहीं

हम ग़लत हैं के सही इस से किसी को मतलब
आके दुनिया हमें समझाये ज़रूरी तो नहीं

रुत ये पत झड़ की जो आई है तो आने दो ''समीर''
दिल का ये फूल भी मुरझाये ज़रूरी तो नहीं

---

1. इल्तिजा = विनती 2. बे ज़मीरों = बिना आत्मा

28

हाले दिल तुम से न कहता तो सुनाता किसको
एक तुम ही थे मिरे ज़ख़्म[1] दिखाता किसको

दिल का ये घर भी तुम्हारा था तुम्हें सोंप दिया
दिल के मंदिर में भला और बिठाता किसको

मैंने यारों से गले मिलके ही दिल साफ़ किया
मेरी अन बन हुइ यारों से बताता किसको

ज़िंदगी तेरे चमन में यही इक फूल तो था
इसकी ख़ुशबू के सिवा और बसाता किसको

अदब[2] आदाब[3] के क़ाइल[4] ही नहीं हैं अब लोग
अपनी तहज़ीब[5] के अफ़साने सुनाता किसको

यार का चित्र ही तनहाई[6] मिटा सकता था
घर के कमरे में ''समीर'' और सजाता किसको

1. जख़्म = घांव 2. अदब = सम्मान करना 3. आदाब = नमस्कार करना 4. काइल = मानने वाले 5. तहज़ीब = संस्कृति 6. तनहाई = अकेलापन

29

आज जाती है तिरी याद न कल जाती है
मेरे एहसास को हर रोज़ कुचल जाती है

इश्क़ को रोग ब्रेक अप का लगा है ऐसा
रोज़ दीवार पे तसवीर बदल जाती है

दिन को साये की तरह साथ मिरे रहती है
रात को रूप में महताब[1] के ढल जाती है

गरमीये-रंज[2] सिखा देती है रोना हमको
बर्फ आँखों में जो रहती है पिघल जाती है

शम्आ भी कम नहीं ऐ दोस्तो परवाने से
इश्क़ की आग में आराम से जल जाती है

फल बुज़ुर्गों की दुआओं का ये मिलता है ''समीर''
हर बला हम पे जो आती है वो टल जाती है

1. महताब = चांद 2. गरमीये-रंज = दुख की उष्णता

30

कल की ख़ातिर है आज कुरबानी
ये ज़िहानत[1] है या के नादानी[2]

इस का जीवन है बे उसूली[3] का
नस्ले नौ[4] कर रही है मन मानी

इस लिये हाथ मल रहे हैं हम
वक़्त की क़द्र ही नहीं जानी

सारी दुनिया में ढूंढ आये हम
उसका मिलता नहीं कोई सानी

बह गये इस में अच्छे अच्छे भी
इश्क़[5] जज़्बा है एक तूफ़ानी

रोक दें आव इस को मिल के यहीं
मज़हबी[6] ये हवा है दीवानी

हम भी हैरान हो रहे हैं ''समीर''
देख कर दरपनों की हैरानी

1. ज़िहानत = योग्यता 2. नादानी = बचपना 3. बे उसूली = बिना सिद्धांत 4. नस्ले नो = नव जवान 5. इश्क़ = प्यार 6. मज़हबी = धार्मिक

31

दिल में बहुत है कहने को, लेकिन कहा न जाये
अच्छा था चुप ही रहते, मगर चुप रहा न जाये

तूफ़ां उठा दिये हैं, हवाओं ने हर तरफ़
बे सोचे समझे कोई भी, अब क़ाफ़िला[1] न जाये

परदेस की पड़ी है, परिन्दों[2] को आज कल
माता पिता से दूरी का, ये दुख सहा न जाये

ख़ूब आसमां पे, आप उड़ानें भरें ज़रूर
क़तआ[3] मगर ज़मीन से, रिश्ता किया न जाये

छोड़ा है उस जगह पे हमें, वक़्त ने "समीर"
रूपोश[4] होना चाहें तो, हम से हुआ न जाये

---

1. क़ाफ़िला = समूह 2. परिन्दों = पक्षी 3. क़तआ = काटना तोडना
4. रूपोश = छिपा हुआ

32

तुझ से मिलने का अब समाँ भी है
आजकल वक्त मेहरबाँ भी है

तू जो मिल जाये काम की भी है
ज़िन्दगी वैसे रायगाँ[1] भी है

पूरा जलवा दिखा किसी दिन तो
कुछ निहां[2] कुछ अभी अयां[3] भी है

दिल सुलगने का ये समां तो नहीं
अपने चारों तरफ़ धुआं भी है

जिस को सुनने की तुम में ताब[4] नहीं
अभी बाक़ी वो दास्तां[5] भी है

ये नया शहर भी न रास आया
ऐ ''समीर'' आसमां[6] यहां भी है

---

1. रायगाँ = निष्फल 2. निहां = छिपा हुआ 3. अयां = प्रकट 4. ताब = गर्मी 5. दास्तां = कहानी 6. आसमां = आसमान, गगन

33

ज़िंदगी कुछ नहीं इक रब की मुहब्बत के सिवा
और सब झूठ सा है उसकी इबादत के सिवा

ज़िंदगी तू भी है जैसे कई कनजूस अमीर
हाथ कुछ भी नहीं आया मिरे हसरत[1] के सिवा

सब की नज़रें तिरी छत को ही तका[2] करती हैं
चांद मिलता है कहां और तिरी छत के सिवा

मैं जहां हूं मिरी मेहनत मुझे लाई है वहां
मेरा हमदम नहीं कोई मिरी मेहनत के सिवा

सारा दिन रहता हूं बेचैन बिछड़कर तुझ से
मुझ को आराम कहां है तिरी कुरबत[3] के सिवा

बस ''समीर'' आप मुहब्बत ही मुहब्बत ही करें
और सब काम हैं बेकार मुहब्बत के सिवा

---

1. हसरत = उत्कन्ठा 2. तका = देखना 3. कुरबत = समीप

34

न गुल होता न ये खुशबू न ये बगिया हरी होती
मुहब्बत[1] गर न होती तो ये दुनिया मिट गई होती

मुहब्बत ने हमें रिश्तों का आदर भी सिखाया है
वगरना ये ज़िन्दगी अपनी गुनाहों से भरी होती

ये दुनिया क्यों बनाई बस मुझें इतना ही काफी था
मैं होता इश्क में बरबाद गर तेरी गली होती

वफ़ा[2] और बेवफाई[3] का कोई झगड़ा नहीं होता
हमारी आपकी जानाँ मुहब्बत जो खरी होती

मैं ''ग़ालिब'' की तरह फ़ुरसत के रोज़ो शब[4] में भी रहता
तेरी आग़ोश[5] होती और सारी ज़िनदगी होती

यह क्या दो चार आंसू ही गिरे उसकी मुहब्बत में
अगर रोना ही था मुझको तो आंखों में नमी होती

---

1. मुहब्बत = प्यार 2. वफ़ा = निष्ठा, प्यार 3. बेवफाई = अनिष्ठा, धोखादेना 4. रोज़ो शब = दिन रात 5. आग़ोश = गोद

35

कब से स्वागत को खुला मेरे ये दिल का दर है
दिल ये मेरा नहीं ये दिल तो तुम्हारा घर है

दर्दे दिल उसको सुना कर मैं बहुत पछताया
क्या ख़बर थी मुझे वो दर्द का सौदागर है

फूल खिलते हैं सुगंध उड़ती है रौशन है ज़मीं
तिरी आमद का ये मन्ज़र भी नया मन्ज़र[1] है

आजकल शहर का मौसम भी क्या मौसम है
ज़ख़्मे दिल भी हैं हरे आंख हमारी तर है

मिरे एहसास[2] ने जिस दिन से तुम्हें पाया है
ऐसा लगता है पहुंच में मेरी दुनिया भर है

आ के होता है ''समीर'' अपने वतन में महसूस
हां ये अपनी ही ज़मीं है ये हमारा घर है

---

1. मन्ज़र = घटना 2. एहसास = अनुभूति

36

आते आते ज़िंदगानी का शिआर[1] आ ही गया
बिन तिरे भी अब हमें सब्रो क़रार[2] आ ही गया

अब अकेले पन से अपनी दोस्ती हो ही गई
अब मयस्सर[3] हम को भी इक ग़म गुसार[4] आ ही गया

बारिशें इतनी मिरी आंखों ने बरसाईं के आज
उनको मेरे आंसुओं पर ऐतबार आ ही गया

ज़िन्दगी का ये सफ़र अपना सुवारत[5] हो गया
हमने मंज़िल पा ही ली तिरा दयार[6] आ ही गया

कर लिया तसलीम उस ने इश्क़ की सच्चाई को
वह हमारे पास हो कर शर्मसार[7] आ ही गया

हो गईं मक़बूल मेरी इल्तिजायें[8] ऐ ''समीर''
कोई बाहों में मेरी दिवाना वार आ ही गया

1. शिआर = सहनशील 2. सब्रो क़रार = धैर्य और शान्ति 3. मयस्सर = उपलब्ध 4. ग़म गुसार = दुख दूर करने वाला 5. सुवारत = उपयोग होना 6. दयार = भूखण्ड 7. शर्मसार = शर्म 8. इल्तिजा = प्रार्थना

37

तेरा नाम लिखकर मिटाता हूँ मैं
तेरा प्यार सब से छुपाता हूँ मैं

बहुत फासले दरमियाँ हैं मगर
तुझे अपने नज़दीक पाता हूँ मैं

अदायें नई देखता हूँ तिरी
तसव्वुर में जब तुझ को लाता हूँ मैं

जुदा होके तुझ से भरी बज़्म[1] में
अकेला ही अब खुद को पाता हूँ मैं

लकीरें न हाथों की बदलीं ''समीर''
मुकद्दर से ही मात खाता हूँ मैं

---

1. बज़्म = सभा

38

वो शहर अजनबी है हमारा था जो कभी
अपना नहीं रहा वही अपना था जो कभी

सब रौनकें वो ले गया मेरे मकान की
वो इक चिराग़ दिल का, उजाला था जो कभी

आवाज़ दोस्तों की न दुश्मन की है यहां
वो शोर क्या हुआ यहां रहता था जो कभी

लगता है जैसे बंद हुये सारे कारोबार
कूचे[1] में इश्क़ के नहीं, जलवा था जो कभी

जो हम को जानते थे वो चेहरे कहां गये
वो पेड़ नीम का नहीं अपना था जो कभी

है लापता 'समीर' बहुत दिन से वो फ़क़ीर
गाकर मुहल्ले भर को जगाता था जो कभी

---

1. कूचे = गली में

39

फैसला आज तो सुना ही दे
तू हमारा है ये गवाही दे

ऐ हवा तेरा भी भला होगा
उसकी खुशबू हमें सुंघा ही दे

हम ने इन्साफ इसी पे छोड़ दिया
चांदनी दे के अब सियाही[1] दे

क़सरे शाही[2] की ख़ैर चाहे तो
मेरी आवाज़ को दबा ही दे

अपने दिल में क़याम[3] करने दे
अब मुझे तख़्त पर बिठा ही दे

अब वह इतरा रहा है खुद पे ''समीर''
अब उसे आईना दिखा ही दे

---

1. सियाही = कालिमा 2. क़सरे शाही = बादशाह के रहने की जगह
3. क़याम = ठहराव ठिकाना

40

चाह पर पहरे लगे हैं, एक दर[1] दरकार[2] है
हर तरफ़ दीवार है बस, हर तरफ़ दीवार है

होश उड़ जाते हैं उसके देखता है जो उसे
आँख भर देखे उसे, जो किसका ये मैयार[3] है

लोभ में इसके न पड़िये ये तो सब मिट जाएगा
जिस को हम कहते हैं दुनियाँ धन का इक बाज़ार है

एक वो ज़ालिम के उड़ने पर, लगा दीं बन्दिशें[4]
और इक हम हैं के हमको आसमां से प्यार है

और सारे शहर के माहौल में हैं तल्ख़ियाँ[5]
एक बस तेरी गली है जिस में अब तक प्यार है

मुन्तज़िर[6] हैं एक अच्छे वक़्त के हम सब ''समीर''
इस समय दुनियाँ के लोगों में हा हा कार है

---

1. दर = द्वार, दरवाजा 2. दरकार = वांछित 3. मैयार = माप, नाप 4. बन्दिशें = प्रतिबन्ध रोक 5. तल्ख़ियाँ = कडवा, कट्टू, अरूचिकर 6. मुन्तज़िर = प्रतीक्षारत, इन्तजार, करने वाला

41

कोई अदना[1] भी मिल जाऐ हमें आला[2] सा लगता है
शनासा[3] भी न हो तो वो हमें अपना सा लगता है

फ़रेबे रौशनी[4] देकर छला है जब से सुबहों ने
अंधेरा भी हमारी आँख को उजला सा लगता है

वो कहता है की वो तो मेहरबां, सारे आलम[5] पर
तो हर इक आदमी क्यों दर्द का मारा सा लगता है

नज़र बख़्शी[6] है उसने आम लोगों से अलग मुझको
जो क़तरा देखता हूं मैं मुझे दरिया[7] सा लगता है

तुम्हारी गुफ्तगू[8] से फूटते हैं प्यार के नग़मे
तुम्हारा मुस्कुराना फूल का खिलना सा लगता है

जिधर भी चाहते हैं रुख़ हमारा मोड़ देते हैं
ये जीवन तो हमारा वक़्त की इच्छा सा लगता है

''समीर'' इन मौसमों के साथ कब क़िस्मत बदलती है
मुक़द्दर[9] वक़्त की चौखट पे कुछ ठहरा सा लगता है

---

1. अदना = छोटा 2. आला = ऊचें दर्जे का 3. शनासा = परिचित 4. फ़रेबे रौशनी = रौशनी का धोका 5. मेहरबां सारा आलम = सारा ब्रम्हाण 6. बख़्शी = प्रदान की 7. दरिया = नदी 8. गुफ्तगू = बातचीत 9. मुक़द्दर = भाग्य

42

ऐसा चढ़ा है तेरा नशा होश ही नहीं
ये चीज़ और क्या है अगर आशिकी नहीं

ये टेली पैथी इश्क़ का है एक ख़ास गुण
वो बात मैंने सुन ली जो तुमने कही नहीं

उसके ही ख़्वाब[1] देखता हूं रोज़ रात को
वो अजनबी भी मेरे लिए अजनबी नहीं

ऐ ज़िन्दगी सवाल तिरे ख़ूब हैं मगर
अब ज़िन्दगी जवाब के लाइक़ बची नहीं

मुझको तलाश एक ग़ज़ल की है आजकल
लेकिन किसी ग़ज़ल में तिरी सादगी नहीं

यादों के जंगलों में भटकता है क्यों ''समीर''
दुनिया में अब वफ़ा सी कोई शय बची नहीं

1. ख़्वाब = सपना

43

दुश्मन के हूँ ख़िलाफ़ तिरे साथ भी नहीं
पर तुझ से दोस्ताने के हालात भी नहीं

ग़म और ख़ुशी के हलक़े में सब हैं अलग अलग
महफ़ूज़[1] इस अमल से कोई ज़ात भी नहीं

तन्हाई[2] में भी कैसे सुकूं पायगा कोइ
बाहर कहीं सुकून के हालात भी नहीं

जो पूछता था हाल मिरा रोज़ कैसे हो
उस जाने जाँ से अब तो मुलाक़ात भी नहीं

मैं उसको भूल जाऊं ये मुमकिन[3] नहीं ''समीर''
माना वो मेरे पास मिरे साथ भी नहीं

1. महफ़ूज़ = सुरक्षित 2. तन्हाई = अकेलापन 3. मुमकिन = संभाव्य होने वाला

44

मुझे सुन्नी हैं वो बातें सुहानी
सजादे फिर मुलाक़ातें सुहानी

तिरे सीने पे सर रख्खा था मेरा
मुझे हैं याद वो रातें सुहानी

वहां हम दोनों मिल कर भीगते थे
कहां हैं अब वो बरसातें सुहानी

मिरी आँखों में फिरती हैं अभी तक
शरारत वो तिरी घातें सुहानी

ये काग़ज़ देता रहता है गवाही
लिखी हैं दिल पे सब बातें सुहानी

''समीर'' अब तक उन्हें भूला नहीं है
मुहब्बत की वो सौग़ातें सुहानी

45

बन गए हम जो अदाकार[1] बुराई क्या है
इसी दुनिया के हैं हम यार बुराई क्या है

हुकमरानी[2] हो किसी की हमें परवाह नहीं
अपना हम रखते हैं मयार बुराई क्या है

आदमिय्यत[3] है बड़ी चीज़ ये सब मानते हैं
धर्म हो कोई भी ऐ यार बुराई क्या है

इश्क़ करना तो सिखाया है उसी ने हमको
हम उसे मान लें मुख़्तार[4] बुराई क्या है

---

1. अदाकार = कलाकार 2. हुकमरानी = शासन होना 3. आदमिय्यत = मानवीयता
4. मुख़्तार = स्वामी

46

मेरे रब का ये करम[1] मुझ पर हुआ
तिशना लब[2] मैं आँसुओं से तर हुआ

दिल को बहलाने गये थे मयकदे[3]
पीने वालों का यही फिर घर हुआ

देखना मत मुड़के वो बोली थी पर
मुड़के देखा मैंने और पत्थर हुआ

छुप गया फिर चांद बादल में कहीं
आपका आना जो फिर छत पर हुआ

चहल क़द्‌मी[4] को वो निकले मेरे साथ
ख़ूबसूरत यूं हर इक मंज़र[5] हुआ

मुझ से बरहम[6] हो गये क्या वो ''समीर''
इक धमाका सा मिरे अंदर हुआ

---

1. करम = आर्शीवाद 2. तिशना लब = प्यासे होंठ 3. मयकदे = पीने की जगह
4. चहल क़द्‌मी = आराम से चलना 5. मंज़र = दृश्य 6. बरहम = क्रोधित, नाराज़

47

छीने हमारे ख़्वाब दग़ा दे गया कोई
रातों को जागने की सज़ा दे गया कोई

बिजली गिरा रहा था फ़लक आशयाने पर
महफ़ूज़ घर रहे ये दुआ दे गया कोई

हम ज़िन्दगी ग़मों से तिरे चूर चूर थे
हमको मुहब्बतों की दवा दे गया कोई

मायूसियों[1] के चक्र से निकाल कर
जीने का मुझ को रंग नया दे गया कोई

इस पुर बहार ज़ीस्त[2] को सावन बना दिया
फिर हम को आँसुओं की घटा दे गया कोई

रस्ते में आज मुझ से गले मिलके दोस्तो
चिंगारियों को फिर से हवा दे गया कोई

बच्चे समय से पहले बड़े हो गये "समीर"
कल मेरे कान में ये सदा दे गया कोई

1. मायूसियों = हताश, निराशा 2. ज़ीस्त = जीवन

48

सबक़ ज़ीस्त[1] का वो पढ़ाने लगे हैं
समझने में जिन को ज़माने लगे हैं

बहुत ख़ुश हूँ मैं अपनी नादानियों पर
ग़लत हूँ मैं बच्चे बताने लगे हैं

हमें भी तो दी है ज़िहानत[2] खुदा ने
हमें आईने क्यों सिखाने लगे हैं

परेशां हैं जो मुफलिसी[3] से वो उन को
उम्मीदों के सपने दिखाने लगे हैं

जो आने की उम्मीद देकर गये थे
''समीर'' अब वो ख़्वाबों में आने लगे हैं

---

1. जीस्त = जीवन 2. जिहानत = प्रतिभा 3. मुफलिसी = गरीबी

49

मसाइल[1] को लियाकत से छिपाया जा रहा है
ये ख़ाली फ़ैसला कैसे सुनाया जा रहा है

मुसीबत कोई मज़लूमों[2] की सुनता ही नहीं
बहारों का उन्हें सपना दिखाया जा रहा है

क्यू बढ़ावा दे रहे हो नफरतो को
अब इश्क को क्यों सूली पे चढ़ाया जा रहा है

लोग तो रंग यू पलो में बदलते है ''समीर''
बाराहा फिर भी गिरगिट को गिनाया जा रहा है

1. मसाइल = समस्या 2. मज़लूमों = गरीब

50

जो अपने साथ है तुम उसको अपना क्यों नहीं कहते
के सच मुच जो है उसको आप वैसा क्यों नहीं कहते

ये दुनिया जो भी देखे जैसे देखे देखने दीजे
बतायें आप ही उजले को उजला क्यों नहीं कहते

इन्हीं ख़ाबों से हम ने ये नई दुनिया बसाई है
जो कल थे ख़ाब उनको आज सच्चा क्यों नहीं कहते

खुदा से जो भी पाया है मिली हैं नेमतें[1] जितनी
बजा कर शुक्र उसका तुम ये किस्सा क्यों नहीं कहते

निहां[2] है वो मगर हर चीज में देखो अयां[3] भी है
मुजस्सम[4] ज़िन्दगी को रूप उसका क्यों नहीं कहते

1. नेमतें = उपहार 2. निहां = छिपा 3. अयां = जाहिर स्पष्ट 4. मुजस्सम = आकार जाहिर

51

हादसों[1] पर हादसे ऐ जिंदगी होते रहे
हम के नादानी में तुझ को कोसते रोते रहे

बे यक़ीनी में गवांईं इज़्ज़तें अजदाद[2] की
हम लगाकर दावं अपने आप को खोते रहे

चांद को पाने के अरमानों का ये हासिल मिला
कांच के टुकड़े हम अपनी राह में बोते रहे

हम तो उसके हो गए पर वो हमारा कब हुआ
इश्क की आवारगी[3] में ख़ुआर[4] हम होते रहे

जाम ख़ाली कब हुआ ये भी ख़बर हमको नहीं
मयकदे[5] में दोस्तों मदहोश हम सोते रहे

1. हादसा = घटना 2. अजदाद = पूर्वज, पुरखे 3. आवारगी = आवारापन
4. ख़ुआर = तिरस्कृत 5. मयकदा = मदिरालय

52

जो तंज करे घायल वो तीर सा होता है
हर मिसरा मिरा मीठी तकरीर सा होता है

इक पल को हंसा दे जो रोते हुए बच्चों को
वो जुमला मुहब्बत की तफसीर[1] सा होता है

बांधे न रिवाजों में दुनिया मिरी हस्ती को
दुनिया का रिवाज हर इक ज़ंजीर सा होता है

मिलकर जो अगर चलिये कम लगती है दूरी भी
कम फासला भी वरना ताखीर[2] सा होता है

अच्छे भी हैं सच्चे भी शायर तो बहुत लेकिन
''गालिब'' की तरह कोई ना ''मीर'' सा होता है

दुनिया में बहुत से हैं बाग़ात[3] हसीं लेकिन
वो स्वर्ग जिसे कहिये कश्मीर सा होता है

सब फ़लसफ़े[4] जीवन के छोटे हैं मुहब्बत से
और इश्क अंधेरे में तनवीर[5] सा होता है

सब का ही ''समीर'' अपना जीने का नज़रिया है
जीने का नज़रिया[6] भी जंजीर सा होता है

---

1. तफसीर = व्याख्या 2. ताखीर = विलंब 3. बाग़ात = उपवन 4. फ़लसफ़े = दर्शन 5. तनवीर = रौशनी 6. नज़रिया = दृष्टीकोण

53

लबों को तिरे छू लूँ पैमाना[1] बन कर
ये इक काम करलूं मैं दीवाना बन कर

मुझे इस से पहले तुम अपना बनालो
न ये प्यार रह जाये अफ़साना बनकर

गले मिल के दिल की ये अगनी बुझा दो
ये दिल जलता रहता है परवाना बन कर

ये पत्ते ये बूटे बुलाते हैं जानाँ
गुलिस्तां[2] में रहिये न बेगाना बनकर

ये गैरों सा मिलना भी है कोई मिलना
मिरी तरह मिल मुझ से दीवाना बनकर

सताती हैं यादें ''समीर'' अब भी उसकी
मैं अब भी सुलगता हूँ परवाना बनकर

1. पैमाना = मदिरा का प्याला 2. गुलिस्तां = उपवन

54

शराब देख ये क्या क्या कमाल करती है
हमें दिखाके ये दर्पन, सवाल करती है

शराब उतारती है सब नक़ाब चेहरों के
हमारे अस्ल को हम में बहाल करती है

शराबे इश्क़[1] जो पीली तो ये हुआ एहसास
ये हम में पैदा शऊरे जमाल[2] करती है

ये मयकदा[3] है यहां मसअले न झगड़े हैं
शराब सब को मियाँ ख़ुश ख़िसाल[4] करती है

ये चार चांद लगाती है सब की ख़ुशियों में
ये मय ग़मों को भुलाकर कमाल करती है

शराब यारों में तकरार भी कराती है
कभी ''समीर'' सड़क पर वबाल करती है

---

1. शराबे इश्क़ = प्रेम मदिरा 2. शऊरे जमाल = सुन्दरता का तरीका 3. मयकदा = शराब पीने की जगह 4. ख़ुश ख़िसाल = अच्छा आचरण और व्यवहार

55

किताबे दिल[1] के इन पन्नों को यारो मोड़ना बेहतर
खटास आजाये रिश्तों में तो उनको तोड़ना बेहतर

मुहब्बत आदमिय्यत[2] से जहां वाकिफ न हो कोई
वो महफिल ऐसी महफिल है के जिसको छोड़ना बेहतर

ज़बाँ जिनकी हो मीठी और नफ़रत दिल में रखते हों
है ऐसे दो रुखे लोगों से नजरे मोड़ना बेहतर

अगर सूरज नहीं तो बनके जुगनू ही चले आओ
अंधेरों से लड़ाई में उजाले ओढ़ना बेहतर

हवायें गर्म हों या सर्द अपना क्या बिगाडेंगी
ये सब कुछ है ''समीर'' उसका उसी पर छोड़ना बेहतर

1. किताबे दिल = दिल की किताब 2. आदमिय्यत = इन्सानियत मानवता

56

ये क्या हुआ मुझे तेरा ख़्याल जाता नहीं
इक उम्र हो गई दिल से मलाल[1] जाता नहीं

सबब बताये बिना क्यों चला गया कोई
हमारे ज़ेहन[2] से ये इक सवाल जाता नहीं

बिछड़ना आप से जैसे कोई क़यामत[3] थी
हज़ार कोशिशें करलीं मलाल जाता नहीं

तमाम दिन यही आसेब[4] साथ रहता है
दिलो निगाह से वो मेह जमाल[5] जाता नहीं

---

1. मलाल = दुख 2. ज़ेहन = दिमाग 3. कयामत = महाप्रलय 4. आसेब = प्रेतबाधा
5. जमाल = सुन्दरता

57

महक बनके मुझ में महकते रहेंगे
हमेशा वो दिल में धड़कते रहेंगे

हवा क्या बुझायेगी हम जुगनुओं को
चमकते हैं हम तो चमकते रहेंगे

क़दम क्या जवानों के रोकेगा कोई
संभलते रहेंगे बहकते रहेंगे

हवा हैं ''समीर'' हमको रुकना नहीं है
जो हैं कहने वाले वो कहते रहेंगे

58

हमको तुम से अभी गिले[1] हैं बहुत
प्यार के यानी सिलसिले[2] हैं बहुत

तुम भी नाराज़ हम भी हैं नाराज़
पहले हम तुम मगर मिले हैं बहुत

तेरे जूड़े में आ सजा दूं मैं
फूल हर शाख़ पर खिले हैं बहुत

शमआ परवाने दोनों राख हुये
ऐ जहाँ ये तिरे सिले हैं बहुत

क्या मिलें उनको नींद ओ ख़्वाब ''समीर''
जिनके पैरों में आबले[3] हैं बहुत

---

1. गिले = शिकायत 2. सिलसिले = सम्बंध 3. आबले = छाले, फफोले

59

आस के सारे चिराग़ों को जलाये रखना
अपने विशवास की लौ आप बचाये रखना

ये तमस[1] लोगों हमेशा नहीं रहने वाला
आप तो दिल के उजालों को सजाये रखना

ऐब[2] ओरों के निकालो तो ये हिम्मत भी रखो
रोज़ तुम ख़ुद को भी आईना दिखाये रखना

आते जाते ही रहेंगे यहाँ दुख सुख तो ''समीर''
आप खुश रहने का माहोल बनाये रखना

---

1. तमस = अंधेरा 2. ऐब = कमी

60

कोई ख़त कहीं से भी आया नहीं
ख़बर मौसमे गुल की लाया नहीं

इसी सख़्त मौसम में गुज़रेगी अब
यहां धूप है सिर्फ़ छाया नहीं

बिछड़कर भी इस दिल में बस तुमही तुम
फिर आँखों में कोइ समाया नहीं

ये दुनिया के जंगल की माया है क्या
यहां पेड़ हैं और साया नहीं

करे ना करे याद हमको कोई
मगर उसको हमने भुलाया नहीं

मिले जो फ़राइज़[1] वो पूरे किये
बग़ावत[2] का नग़मा सुनाया नहीं

फ़ना[3] सब की तय है अकड़ते हैं क्यों
ये अब तक समझ हम को आया नहीं

अमीरों में गिनिए न मुझ को "समीर"
सिवा प्यार के कुछ कमाया नहीं

---

1. फ़राइज़ = कर्तव्य 2. बग़ावत = विद्रोह 3. फ़ना = नष्ट

61

ज़ख्म देके चुप रहना आपकी अदा ठहरी
सर झुका के सब सहना ये मिरी वफ़ा ठहरी

जैसे भी गुज़रती है ज़िन्दगी गुज़र जाये
फिर ख़ता ही रहना दो ये अगर ख़ता[1] ठहरी

बद्दुआ दुआ लोगों तौलकर नहीं मिलती
ये कहीं जज़ा[2] ठहरी ये कहीं सज़ा ठहरी

पेचो खम़[3] में ज़ुल्फ़ों के जाने कब से उलझी है
हाय ये नज़र मेरी जाके किस जगा ठहरी

और तो है जो कुछ भी उसके बाद है वो सब
ऐ "समीर" उल्फ़त[4] ही हासिले-वफ़ा[5] ठहरी

---

1. ख़ता = गल्ती 2. जज़ा = प्रतिकार, बदला 3. पेचो खम़ = पेचीदा टेढा मेढा
4. उल्फ़त = प्रेम, प्यार 5. हासिले-ए-वफ़ा = वफादारी करने की प्राप्ती

62

धूप चारों ओर ढ़लती सी लगी
उम्र हाथों से फिसलती सी लगी

तुझ से मिलकर कम हुईं बेज़ारियाँ[1]
ज़िन्दगी अपनी संभलती सी लगी

हुस्न का तेरे नशा ऐसा चढ़ा
मय लबों पर ठोड़ा छलती सी लगी

हर तरफ़ सूरज उभरता सा लगा
छांव पेडों से निकलती सी लगी

हर तरफ़ ख़ामोशी छाई थी ''समीर''
इक सदा इसमें मचलती सी लगी

1. बेज़ारियाँ = अप्रसन्न, खिन्न नाराज

63

दुनिया भी तेरी दुनिया के हालात भी तिरे
सारे सवाल सारे जवाबात[1] भी तिरे

तेरे ख़ुश नसीब हैं ये बद नसीब भी
यानी ख़ुशी भी तेरी है सदमात[2] भी तिरे

तू रूबरू[3] भी रहता है और लापता भी तू
तू गुम भी और चमकते निशानात[4] भी तिरे

तूही फ़ना है तूही बक़ा[5] तूही ज़िन्दग़ी
ये स्वर्ग नर्क जैसे ख़्यालात[6] भी तिरे

यानी वजूद[7] रखते हुए बे वजूद हूँ
दिल भी तिरा ''समीर'' के जज़्बात भी तिरे

1. जवाबात = प्रश्न का उत्तर 2. सदमात = घटनाए 3. रूबरू = प्रत्यक्ष 4. निशानात = चिन्ह 5. बक़ा = नियता, लगातार 6. ख़्यालात = विचार 7. वजूद = अस्तित्व

64

हम ने यूं उनसे दोस्ती की है
जैसे मजनूं ने आशिक़ी की है

वार दी जिस पे जान भी हमने
उसने ही हम से बेरुख़ी[1] की है

हो गये जिसके हम उसी के रहे
गलती हमने बहुत बड़ी की है

दुशमने जां[2] से प्यार करने लगे
हम ने ख़ुद से भी दुश्मनी की है

शोर सागर मचा रहा है ''समीर''
धड़कनों ने जो शायरी की है

1. बेरुख़ी = नाराजगी 2. दुशमने जां = जान का दुश्मन

65

कहते हैं ख़ुदा जिसको वो सब का ही ख़ुद़ा है
हम सब की इबादत का बस अंदाज़ जुदा है

इंसां से कहो रहता है वो उस के ही मन में
मस्जिद में जो मंदिर में ख़ुद़ा ढूंढ रहा है

क्या हो गये अपने वो मुहब्ब्त के ज़माने
इस दौर में इंसान से इंसान खफ़ा[1] है

लगता है के अब आगया सूरज मिरे सर पर
देखो मिरा साया मिरे क़दमों में पड़ा है

इस दो रुख़ी दुनिया में तो बाबा भी हैं भोगी
जो पारसा[2] बनता है शराबों से भरा है

वैसे तो सभी हाथ मिला लेते हैं रसमन[3]
दिल अपना ''समीर'' अब भी कहाँ दिल से मिला है

---

1. खफ़ा = नाराज 2. पारसा = विशेषण 3. रसमन = रिवाज

66

दुश्मन मिरे मैं दूंगा नहीं तुझको बददुआ[1]
तेरी ही ज़ात[2] है मिरे जीने का मुददुआ

तू अपनी मूर्ति में ही गुम है तो क्या करूं
मैं तो तमाम उम्र तुझे पूजता रहा

तू पहले अपने कर्मों का लेखा तो देखले
औरों को उनके एबों का मत आईना[3] दिखा

कुछ साधू सोने चांदी के भगवान बन गये
इक साधू भूखा रह के उसे पूजता रहा

जब ख़ाक हम हुए तो मिला हमको उसका प्यार
बरसों के बाद आज ''समीर'' उसका ख़त मिला

---

1. बददुआ = श्राप 2. ज़ात = स्वयं, व्यक्तित्व, कुल, वंश, अस्तित्व 3. एबों का आईना = शीशे की कमी

67

इल्ज़ाम[1] हम पे धरके वो अच्छा बना रहा
ख़ामोश रहके न्याय भी मुंह देखता रहा

किन रास्तों से लोग घरों तक पुंहच गये
मैं ख़ुद को सिर्फ़ चलते हुए देखता रहा

ये किस समय में चलते हुए आगये हैं हम
कोई ख़ुशी रही न कुइ हौसला रहा

सच्चे भी जाके मिल गये झूठों की भीड़ में
बेचारा सत्यवान अकेला खड़ा रहा

तब जाके ये खुला के तू रहता है मेरे साथ
जानाँ मैं तुझ को ख़ुद से अलग सोचता रहा

उसने ''समीर'' ढाल दिया मुझको प्यार में
मैं सोहनी के चाक पे मिट्टी बना रहा

---

1. इल्जाम = आरोप

68

जो था शऊरे ज़िन्दगी वह बे शऊर[1] हो गया
तुम्हें तो अपने आप पर बड़ा गुरूर हो गया

शराब हमने पी नहीं न अब पियेंगे हम कभी
मिला के हाथ आप से हमें सुरूर[2] हो गया

कहां से लायें हम उसे कोई बताये क्या करें
जो आत्मा में लीन था वह हम से दूर हो गया

मुआफ़ कीजिये हुज़ूर मेरे इस गुरूर[3] को
प्यार करना आपसे मिरा कुसूर हो गया

यहां ये सिर्फ़ रात थी ख़मोशियों से बात थी
जो घर वो मेरे आ गये अन्धेरा नूर[4] हो गया

ये ज़िन्दगी के मसअले कहां पे लाये हैं मुझे
''समीर'' अपने आप से मैं कैसे दूर हो गया

---

1. शऊर = होश, समझ 2. सुरूर = नशा 3. गुरूर = घमंड 4. नूर = प्रकाश

69

उससे तकरार उसी से झगड़ा है
राब्ता[1] जिससे रोज़ रहता है

आईने उसने सारे तोड़ दिये
जाने क्यों आईनों से बचता है

क्यों न हम दोनों एक हो जाऐं
मैं भी अच्छा हूं तू भी अच्छा है

अपने रस्तों को हम जुदा कर लें
अब ज़रूरत का ये तक़ाज़ा है

बारिशों में ''समीर'' भीगेगा
मेरे अन्दर जो एक बच्चा है

---

1. राब्ता = सम्बन्ध

70

ज़िन्दगी को खा गईं दानाइयां[1]
बन के इन्सां रह गईं परछाइयां

मैं ने भी आखिर विदाई दी उसे
आंसुओं के साथ थीं शहनाइयां

देखिये फिर रो पड़ेंगे आप भी
नापिये मत ज़ख़्म की गहराइयां

मेरे पुरखों की रिवायत[2] खो गई
अब कहां हैं वह सुखन[3] आराइयां[4]

उन का जादू ख़त्म हो सकता नहीं
हैं क़यामत अब भी वह अंगड़ाइयां

ऐ ''समीर'' उन को हमेशा साथ रख
आज भी सोने सी हैं सच्चाइयां

---

1. दानाइयां = बुद्धिमत्ता 2. रिवायत = परम्परा 3. सुखन = बातचीत 4. आराइयां = सजाने वाले (संवारने वाले)

71

उमीदों का साग़र छलकने को है
ये मायूस दिल अब दरकने को है

न सच बोलने से मुझे रोकिये
ये शोला किसी दिन भड़कने को है

नये ग़म मकीं[1] होंगे दिल में मिरे
ज़मीं पांव की अब सरकने को है

मिरी यादें गिरवीं हैं सब उसके पास
यह दिल की लगी फिर भड़कने को है

तिरे ज़ुल्म होंगे उजागर अभी
कि नाटक का परदा सरकने को है

निकल आएगा काले बादल से चांद
वह चेहरा ''समीर'' अब चमकने को है

1. मकीं = निवासी

72

ज़माने के मौसम बदलते रहे
सदा हम को चलना था चलते रहे

उन्हे फिक्र कब आशियाने की थी
जो बंजारे प्रेमी थे चलते रहे

सदा गंगा जमना रही आंख में
जो थे बर्फ़, परबत पिघलते रहे

हमेशा उन्हीं को मिलीं मंज़िलें
समय के जो सांचे में ढलते रहे

सिखाया जो दुनिया ने सीखे वही
समय देख चेहरा बदलते रहे

किनारे खड़े वह भी देखा किये
''समीर'' अपने अरमां मचलते रहे

73

वह चेहरा जहां है
तमस फिर कहां है

नहीं है अगर वो
तो सब रायगां[1] है

जहां भी हंसे तू
गुलिस्तां[2] वहां है

कहो सच कहो फिर
जो मुंह में ज़बां है

ये जीवन भी क्या है
धुआं ही धुआं है

''समीर'' एक आंसू
मिरा तर्जुमां[3] है

1. रायगां = नष्ट 2. गुलिस्तां = फुलवारी 3. तर्जुमां = अनुवाद

74

मुहब्बत है तो ऐसा क्यों करें हम
ज़माने तुझ से परदा क्यों करें हम

चलो कमरे में लड़ लेते हैं चल कर
भरे घर में तमाशा क्यों करें हम

मुहब्बत हम को है उसको नहीं है
उसे बेकार रूसवा क्यों करें हम

तुम्हें मन मानी करना है करो तुम
न मानोगे तो चर्चा क्यों करें हम

वो आदर को समझता है खुशामद
खुदी[1] को अपनी छोटा क्यों करें हम

वो नादिम[2] है अगर अपने किये पर
''समीर'' अब उस से झगड़ा क्यों करें हम

1. खुदी = गर्व, अहंकार 2. नादिम = शर्मिंदा, पश्चाताप

75

हिज्र में यार कुछ कमी कर दे
दूर आंखों से ये नमी कर दे

फिर मुझे ज़र्द कर रही है खिज़ां[1]
ऐ खुदा शाख़े[2] दिल हरी कर दे

उस के दर पर पड़ा रहूं ता उम्र
मेरी क़िस्मत में वह गली कर दे

खोखली हो रही है अन्दर से
ज़िन्दगी फिर से ज़िन्दगी कर दे

सांस घुटने लगी अन्धेरों में
भेज सूरज को रौशनी कर दे

फिर से मग़रूर हो रहा है ''समीर''
इस में पैदा फिर आजिज़ी[3] कर दे

1. खिज़ां = पतझड़ 2. शाख़े = टहनी 3. आजिज़ी = विनम्रता, बेबसी, असहायता

76

जो बांटे दर्द उसे दर्द मंद कहते हैं
जो आसमां छूये उस को बुलंद कहते हैं

यक़ीं न हो तो कभी चख के देख लो तुम भी
किसी के शीरीं लबों[1] को भी क़ंद[2] कहते हैं

कभी सुनाते हैं अपने कभी ग़म औरों के
जो सब के दिल को लगें ऐसे छंद कहते हैं

तिरे वजूद में इक इत्र का ख़ज़ाना है
तुझे तो देखने वाले सुगंध कहते हैं

वो दिन गये के थे नादान इश्क़ वाले अब
जो इश्क़ करले उसे अक़्ल मंद कहते हैं

वो एक होता है लाखों में ये समझ लीजे
''समीर'' हम जिसे अपनी पसंद कहते हैं

---

1. शीरीं लबों = मीठे होठ 2. कंद = शकर

77

सोना न चाँदी हीरे जवाहर न ज़र मिले
जिस रास्ते पे जायें हमें तेरा घर मिले

सौ इख़तिलाफ़[1] अपने रहे ज़िन्दगी के साथ
लेकिन मिले जब उससे तो दिल खोलकर मिले

तुम ही नहीं मिले हमें सब कुछ तो मिल गया
दुनियायें कितनी देखलीं कितने नगर मिले

कोई बुलंदियों पे हमेशा नहीं रहा
जितने बुलंद थे वो सभी ख़ाक पर मिले

अख़बार दिल दुखाते हैं हर सुब्ह दोस्तो
हम चाहते हैं कोइ तो अच्छी ख़बर मिले

ख़ुश रहना चाहता हूं मगर कैसे ख़ुश रहूं
हर आँख में "समीर" जो ख़ूने-जिगर[2] मिले

1. इख़तिलाफ़ = विरोध, अन्तर, भेद 2. ख़ूने-जिगर = प्रेमी (रक्त से भरा हृदय)

78

ज़िन्दगी बू-ए-हसद[1] से भर गई
और दिलों में दुश्मनी घर कर गई

लोग दौलत की हवस में खो गये
हर ख़ुशी दौलत में दब कर मर गई

हो गया तबदील[2] जीने का चलन
और ज़मीं तन्हाइयों[3] से भर गई

दर पे दस्तक तो सुनी थी हमने आज
जो ख़ुशी आई थी किसके घर गई

आई थी लेने मुझे इक दिन समीर
मौत भी माँ की दुआ से डर गई

---

1. बू-ए-हसद = ईर्ष्या की गंध 2. तबदील = बदलाव 3. तन्हाई = अकेलापन

79

ये हक़ीक़त भी हम ने जानी है
मुठ्ठी भर रेत ज़िंदगानी है

लोग अब हुस्न के पुजारी हैं
आशिक़ी अब तो इक कहानी है

आओ हम भीग लें मुहब्बत में
शाम रिम झिम सी ये सुहानी है

उसका जीवन है अस्ल में जीवन
प्यार की जिस ने क़द्र जानी है

सब से मिलते हैं हम तो झुक के ''समीर''
अपनी तहज़ीब[1] ख़ानदानी है

1. तहज़ीब = सभ्यता

80

ख़ुशियों से भी बचते रहे आलाम[1] के डर से
ख़ुद को नहीं परखा कभी अंजाम[2] के डर से

इक दूजे से डरते तो कोइ काम न होता
होती ही नहीं सुबह कभी शाम के डर से

पहली सी नहीं आज वो बाज़ार की रौनक
सहमे हैं ख़रीदार सभी दाम के डर से

इक बार जो मुंह लग गये छोड़िंगे न हमको
मयख़ाने नहीं जाते मय-ओ-जाम[3] के डर से

नाकाम बनाया है हमें दुनिया ने इतना
भयभीत हुए जाते हैं हम काम के डर से

तू ये न समझले है ''समीर'' इश्क़ से ख़ाली
हम ज़ख़्म हरे रखते हैं आराम के डर से

1. आलाम = दुख, क्लेश 2. अंजाम = परिणाम 3. मय-ओ-जाम = शराब पीने पिलाने

81

मिलती हैं मुरादें[1] जहां वो तेरा ही दर है
मां तेरा करम[2] सब पे तुझे सब की ख़बर है

मां दुर्गा तिरी शक्ति में है ओम की शक्ति
भक्तों को कहाँ अब किसी तूफान का डर है

जीना है अज़ाब[3] आज की दुनिया में मगर मां
आसां तिरे वरदान से जीवन का सफ़र है

माता तिरे आंचल का ये साया[4] है जो सर पर
बारिश की है परवा न मुझे धुप का डर है

मां तेरी नवाज़िश[5] से मिला है मुझे सब कुछ
जो मन्नतें[6] मेरी हैं तुझे उनकी ख़बर है

मुश्किल भरे इस दौर में माता का है आशीष
रौशन मिरी शामें हैं तो चमकीली सहर[7] है

सुन लेती है खामोशी की फ़रयाद[8] भी दुर्गे
हरभक्त पे अपने मिरी माता की नज़र है

तन मन से समर्पित है ''समीर'' आज से तुझको
ये तेरे कदम ही मेरी अखीर डगर है।

---

1. मुरादें = चाह 2. करम = मेहरबानी 3. अज़ाब = यातना, पीड़ा, पापों का दण्ड 4. साया = छांव 5. नवाज़िश = कृपा 6. मन्नतें = मान्यता संकल्प 7. सहर = रात 8. फ़रयाद = विनती

82

इश्क़ रांझा से कम नहीं करते
तुम से इज़हार[1] हम नहीं करते

सब के ग़म लिख रहे हो ग़ज़लों में
अपना ग़म क्यों रक़म नहीं करते

सत्य के आगे सर झुकाते हैं
सर कहीं और ख़म़ नहीं करते

कितने ही ग़म हों मुसकुराते हैं
अपनी आँखों को नम नहीं करते

अब क़लमकार भी तिजारती हैं
एहतिरामे कलम[2] नही करते

हम को आता है राह चलना "समीर"
हम ग़मे पेचो ख़म[3] नहीं करते

---

1. इज़हार = बताना, प्रकट करना 2. एहतिरामे कलम = कलम की इज्जत
3. पेचो ख़म = घुमाव

83

हमारे जीवन का एक मेहवर[1] फ़क़त, तुम्हारी ही ज़ात होगी
तुम्हारे चेहरे से दिन उगेगा, तुम्हारी ज़ुलफ़ों में रात होगी

हमारे ज़ख्मों का तुम हो मरहम तुम्हीं हो सूरज हमारे घर का
हमारे आँसू बनेंगे मोती, तुम से रौशन[2] हयात[3] होगी

तुम्हारे होने से हैं उमंगें तुम्हारे होने से जिन्दगी है
तुम्हारे हाथों में हाथ होगा तो सारी दुनिया भी साथ होगी

चढ़ावे अशकों के मैं चढ़ा कर नजाने कब से मना रहा हूं
मुआफ़ जब वो करेगा मुझ को, ग़मों से मेरी निजात होगी

ज़बानी करके वफ़ा की बातें, कभी न बहला सकोगे हमको
वफ़ा का जब तुम सुबूत दोगे, वफ़ा परस्ती[4] पे बात होगी

बजेगी बंसी मुहब्बतों की, भरेगी फूलों से सारी दुनिया
''समीर'' इक दिन मिसाले-जन्नत[5], हमारी ये कायनात[6] होगी

---

1. मेहवर = धुरी 2. रौशन = दीप्त 3. हयात = जीवन 4. वफ़ा परस्ती = प्यार करने वाला, निष्ठावान 5. मिसाले-जन्नत = स्वर्ग सी 6. कायनात = ब्रम्हाण

84

लोग जलते रहे अज़ाबों[1] में
कितने घर बह गये शराबों में

चाँद चेहरा तुलूअ[2] चाहता है
मुददतों[3] रह लिया नक़ाबों[4] में

तू ज़मीं पर मुझे तलाश न कर
मैं तो रहता हूं तेरे ख़्वाबों में

वो मिरे दिल में है, पता ही न था
ढुंढता था जिसे किताबों में

खोजता था मैं जिन को महलों में
वो सब अच्छे मिले ख़राबों[5] में

सिर्फ़ जीने की चीज़ है ये ''समीर''
ज़िन्दगी को न रख हिसाबों में

---

1. अज़ाबों = दुखी 2. तुलूअ = उदय, जाहिर, प्रकट 3. मुददत = समय, अवधि
4. नक़ाबों = ढका हुआ 5. खराबों = खराब अच्छा नही

85

मुझे अरमाँ था जिसके प्यार जिसकी हम नवाई का
मुक़द्दर देखिये ग़म मिल गया उसकी जुदाई का

लिबासों में भी लगता है बरेहना[1] हों बदन जैसे
न रुसवाई का डर इनको न डर है जग हंसाई का

चमन से रूठने वाली बहारें मान जायेंगी
यक़ीं है आयगा मौसम सुखों से आशनाई[2] का

मसीहा बनके आये हैं जो शामिल थे फ़सादों[3] में
वो तोहफा लाये हैं अब मेरे ज़ख़्मों की दवाई का

लगाई मुझ पे तुहमत[4] और फिर मुजरिम बना डाला
मुझे मौका तो देते आप कुछ अपनी सफ़ाई का

''समीर'' उसने निगाहें फेर कर जतला दिया मुझको
यक़ीं आता नहीं था मुझको जिसकी बे-वफ़ाई का

---

1. बरेहना = बिना कपडे के (नग्न) 2. आशनाई = मित्रता, दोस्ती 3. फसादों = लडाई
4. तुहमत = आरोप

86

ज़िंदगी में जब अपनी रात आने लगती है
आपके तसव्वुर[1] से जगमगाने लगती है

हमको उसके कूचे[2] से वक़्त ने निकाला है
ज़िंदगी कहां देखो अब ठिकाने लगती है

जब भी अपने ज़ख़्मों को हम भुलाने लगते हैं
जाने फिर तुम्हारी क्यों याद आने लगती है

जब भी सीधे रस्ते पर लोग चलने लगते हैं
उनको ये बुरी दुनिया आज़माने लगती है

ऐ ''समीर'' जब उस से दिल का हाल कहता हूं
शर्म से दुपट्टे में मुंह छुपाने लगती है

1. तसव्वुर = ख्याल, कल्पना 2. कूचे = जगह, स्थान

87

तू हो और तेरी मुहब्बत के सिवा कुछ भी न हो
ज़िन्दगी में मिरी चाहत के सिवा कुछ भी न हो

ये महल, रेशमो कमख़्वाब[1] नहीं हैं दरकार[2]
इश्क़ हो इश्क़ की दौलत के सिवा कुछ भी न हो

ज़िन्दगी नाम है इज़्ज़त का इसे यूं न जिओ
जिसका हासिल के निदामत[3] के सिवा कुछ भी न हो

एक मौसम में हम इंसान नहीं रह सकते
सब की ख़ाहिश[4] के राहत के सिवा कुछ भी न हो

ज़ायक़े चख लिये सब अब ये ज़बां कहती है
आपके नाम की लज़्ज़त[5] के सिवा कुछ भी न हो

उसको पाने का ''समीर'' आप में जज़्बा है तो फिर
काम इंसान की ख़िदमत[6] के सिवा कुछ भी न हो

---

1. कमख़्वाब = रेशमी क़ीमती कपड़ा 2. दरकार = जरूरत 3. निदामत = पश्चाताप
4. ख़ाहिश = चाहत मांग 5. लज़्ज़त = अच्छाई 6. ख़िदमत = सेवा, खुशामद

88

बदलना था पहले तो ख़ुद को बदलते
न यूं आप संसार के साथ चलते

बड़े पेचो-ख़म[1] थे मुहब्बत में यारो
हुआ ख़त्म जीवन निकलते निकलते

वो आया तो लेकिन समय पर न आया
हुये राख हम इश्क़ में जलते जलते

लिखा था ख़ुदा ने बिछड़ना है हमको
कहानी का अंजाम कैसे बदलते

बचानी थी जब नाव हिम्मत नहीं की
खड़े हैं किनारे पे अब हाथ मलते

''समीर'' उसने रुक कर न अहवाल[2] पूछा
मिला था कोई राह में चलते चलते

1. पेचो-ख़म = मुश्किले, उतार-चढाव, परेशानी 2. अहवाल = घटनाए, परिस्थितीयां, हालात

89

आप आये आप से मिलना हुआ
ख़्वाब मेरा देखिये सच्चा हुआ

प्यार उसका पा गये हम ख़ुश नसीब
ज़िन्दगी से इक नया रिश्ता हुआ

आप ने आकर समेटा है मुझे
मैं जो रहता था सदा बिखरा हुआ

अपने चेहरे की उदासी से भी मिल
घर में तेरे आइना था क्या हुआ

उसके जाने की ख़बर ऐसी लगी
सीसा कानों में गिरा पिघला हुआ

दिल से लिपटी याद उस की यूं ''समीर''
दोस्त जैसे हो कोइ बिछड़ा हुआ

90

मैं दुनिया को भुलाना चाहता हूं
तुम्हें बस तुमको पाना चाहता हूं

करो अब प्यार की बारिश करो तुम
मैं इस में भीग जाना चाहता हूं

ये जो आकाश पर है चाँद मेरा
ज़मीं पर इसको लाना चाहता हूं

धरा पर आदमी तो अन गिनत हैं
इन्हें इंसां बनाना चाहता हूं

91

तुम रहे इश्क़ की रूदादे-सफ़र[1] लाये हो
पाँव में सब के हैं छाले ये ख़बर लाये हो

कब से ये रंगे हिना[2] चाहते थे उसने कहा
लाओ ले आओ अगर ख़ूने-जिगर[3] लाये हो

वादे लाये हो तो ले जाओ तुम इनको वापस
मेरे दरवाज़े पे रख दो जो सहर[4] लाये हो

बे-वफ़ाई को तुम्हारी चलो करते हैं मुआफ़
इलतिजा[5] करने को अब दीदये तर लाये हो

कभी ताबीर[6] ज़मीनों पे भी दिखलाओ हमें
जब भी लाये हो तुम ख़्वाबों के घर लाये हो

काफिये ने तुम्हें मजबूर किया होगा ''समीर''
तुम जो ''ग़ालिब'' की ग़ज़ल से ये सबर लाये हो

---

1. रूदादे-सफ़र = यात्रा का विवरण 2. रंगे हिना = महंदी का रंग 3. ख़ूने-जिगर = दिल का खून, रक्त रंजित हृदय 4. सहर = रात 5. इलतिजा = निवेदन 6. ताबीर = प्रकटीकरण

92

हर कहानी का हो उनवान[1] जरूरी तो नही
खुद से हो आपकी पहचान ज़रूरी तो नही

आजमाऐं वो हमे और उठायें वो सवाल
हम भी हो जाये परेशान ज़रूरी तो नही

मुख्तसर[2] लिखी है उसने तो कहानी सबकी
तेरा किरदार हो जीशान[3] ज़रूरी तो नही

इन अंधरों के मसाएल[4] के मुकाबिल[5] हम हैं
इनसे लड़ना भी हो आसान ज़रूरी तो नही

है ''समीर'' उसको पता सारे सवालों के जवाब
सबको समपूर्ण मिले ज्ञयान ज़रूरी तो नहीं

1. उनवान = शीर्षक 2. मुख्तसर = संक्षिप्त 3. जीशान = शान शौकत वाला
4. मसाएल = अंधेरे के मामले 5. मुकाबिल = समक्ष

93

तबाही[1] के रस्तों पे चलने लगे हैं
वो तहज़ीब[2] वाले बदलने लगे हैं

वो मासूम जो बे ख़बर थे अभी तक
सवाल उनके लब[3] पर मचलने लगे हैं

जो आईना सच का था धुंधला गया है
हमें झूठ दुनिया के छलने लगे हैं

मुहब्बत के पेड़ों में डर बस रहा है
हवाओं के भी पर निकलने लगे हैं

मिरा शहर लगता है जज़्बों से ख़ाली
ये किस राह पर लोग चलने लगे हैं

ख़मोशी में थी इक ज़बाने मुहब्बत
सुख़न[4] शोर[5] में अब बदलने लगे हैं

जो मायूस हैं ऐ ''समीर'' उन से कह दो
उमीदों के सूरज निकलने लगे हैं

---

1. तबाही = विनाश 2. तहज़ीब = व्यवहार 3. लब = होंठ 4. सुख़न = बातचीत
5. शौर = बातचीज का शोर

94

बड़ी मुश्किल से हाथ आई है
ये जो क़ुरबत[1] की रात आई है

सांस लेता हुआ वजूद था मैं
ज़िंदगी तेरे साथ आई है

अब तो कहके रहुंगा मैं उन से
अब तो होठों पे बात आई है

ज़िंदगी तूने दुख दिये थे मुझे
मौत देने निजात[2] आई है

धूप मौसम में कौन साथी था
मेरी परछाईं साथ आई है

रुत मुलाक़ात की ''समीर'' गई
अब जुदाई[3] की रात आई है

1. क़ुरबत = रिश्ता, सम्बन्ध 2. निजात = छुटकारा 3. जुदाई = बिछोह

नज़्म

बटवारा

मैं कितने ख़ानों में बट गया हूं
मुझे तो ख़ुद भी पता नहीं है।
मुझे जो ख़ानों में बांटते हैं।
वो गैर कब हैं वो सब हैं अपने
जो होते दुश्मन तो गम न होता
ये काम अपने ही कर रहे है।
यही है सबसे बड़ी अज़ियत[1]
सवाल है तुमसे मेरे अपनों
बताओ पानी कभी बटा है।
कभी भी लाठी के मारने से जुदा हुआ है
ये चांद सूरज कभी बंटे हैं
हवा को इस धूप चांदनी को
बताओ टुकड़े करोगे कैसे
ज़मीं बटी है फ़लक बटा है
ये दिल भी सीमाओं में बंटे हैं
वजूद[2] इंसान का बंटा है
मगर मैं इन सरहदों[3] में बटकर नहीं रहूंगा
हज़ारों इन्ही उसूलों पे भेंट अपनी चढ़ा चुके है
दिलों के बटवारे मत करो तुम
के आने वाली तमाम नस्लें
तुम्हें पुकारेंगी गालियों से
वो तुमको कोसेंगी अपने पुरखे
बड़े सितमगर[4]! बडे थे ज़ालिम
दिलों को सरहद से बांटते थे

---

1. अज़ियत = कष्ट 2. वजूद = अस्तित्व 3. सरहदों = सीमा 4. सितमगर = सताने वाले

माँ

तेरी तस्वीर आंखों में है
जब से मैं शीर ख़ुआरी[1] में था
तिरी छातयों से ज़िन्दगी मिली है मुझे
तेरी तस्वीर आंखों में महफ़ूज़[2] है
वो तस्वीर जीवित हो! मैं चाहता हूं
वो चेहरे पे ममता, वो आसूदा[3] सी मुस्कुराहट
कभी कुछ उदासी कभी सोच कभी हसीं
वो आंचल की खुशबू
वो प्यारी सी बातें
मैं जब सोचता हूं तुझे
होके नम बहने लगती हैं आंखें मिरी
अश्क तस्वीर मे धुलने लगते हैं फिर
दिल में तेरा तसव्वुर[4] ही रह जाता है
कोशिशें करता रहता हूं मैं
और कभी हार जाता हूं मैं
ख़ुद को दुनिया के कामों में रखता हूं मसरूफ़ मैं
कोई तरकीब भी काम आती नहीं
बस तसव्वुर दिखता है मूरत तिरी
राहत फ़िज़ा[5] थी मिरे वास्ते
तेरे क़दमों में महसूस करता था मैं जन्नत[6] मेरी
पर ये दस्तूरे-कुदरत[7] है मैं क्या करूं
वो जो जन्नत थी क़दमों की छिन ही गई
जो अज़ाबों से देता था राहत मुझे
वो दुआओं का पैकर चला ही गया
काश फिर तू उतर आये आकाश से
दिल के कागज पे तस्वीर अपनी बनाने
मुझे अपनी जन्नत को तामीर करने का कुछ हौसला दे

न रोकुंगा तुझको
मिरी आँख में बनके तस्वीर ऐसी उतर जा
के ये फिर मिट न पाये कभी
बस आ जा उस बड़े कैनवास से
मेरी आखों के कैनवास में

---

1. शीर ख़ुआरी = दुध पीता बच्चा 2. महफ़ूज़ = सुरक्षित 3. आसूदा = समृद्ध 4. तसव्वुर = कल्पना 5. राहत फ़िज़ा = मनभावन मधुर 6. जन्नत = स्वर्ग 7. दस्तूरे-कुदरत = प्रकृति की परंपरा

बुने हुये ख़्वाब

मिरी सुबह जल्दी से होती नहीं
बड़ी देर तक सोता रहता हूं मैं
मिरी रातें बुनती हैं सपनों का मख़मल
मिरे रतजगे सिर्फ़ ख़्वाबों को बुनने में मसरूफ़[1] रहते यूं
जैसे इसके सिवा काम कोई नहीं
ये तुमको तो याद होगा या शायद याद भी न हो
ये आदत ये ख़्वाबों को बुनने की आदत
तुम्हारी ही संगत में मुझको पड़ी थी
कहीं छत के गोशे में हम ख़्वाब बुनते थे कल के लिए
वही ख़्वाब जो हम से गुम हो गये
वक्त की किसी धुंध मे ख़ो गये, चले गये अद्म से
मगर लौट आये हैं तसव्वुर में मिरे
उन्हीं बिछड़े ख़्वाबों के हर ताने बाने में मैं झांकता हूं
अकेला अकेला
समेटा है फिर बिखरे ख़्वाबों की तश्कील[2] की है
ज़रा देख आकर ये कैसे बुने हैं
इन्हें पहनकर वो सुकूं मिल रहा है जो मैं चाहता था
ये कस्तूरी ख़ुशबू में लिपटे हुये हैं
इन्हें ओढ़कर रोज़ सोता हूं मैं
सोता रहता हूं मैं
इस लिये सुबह जल्दी होती नहीं है मिरी

---

1. मसरूफ़ = व्यस्त 2. तश्कील = होना

कुछ अफसाने

तुम्हारी छत पर टंगी थीं यादें
अब आहिस्ता आहिस्ता वो सीढ़ियों से
उतरने लगी हैं
ये लगता है मौसम बदलने लगा है
या फिर तेज़ सांसों की बदली सी छाने लगी है
वो जब चाँद से बे तकल्लुफ़ हुइ थी मिरी गुफ़्तगू[1]
वो दो लोग जब एक से हो रहे थे
तो इतरा रही थी वहाँ चाँदनी
जैसे वो भी तमाशाई है
और मंज़र बदलते रहे
मैं किसी पेड़ की अधकटी शाख़ पर था
तिरी दीद का मुंतज़िर[2]
दूजी मंज़िल की खिड़की से कब चाँद होगा तुलू
किस क़दर ख़ूबसूरत था माज़ी[3]
मिरी आंखे से अब्रे तर की तरह वो बरसता है अब भी
मुझे अच्छा लगता है यादों की बरसात में भीगना
फिर इक और मंज़र मुझे याद आया
मैं छत पर अकेला खड़ा था
अचानक बगलगीर[4] तुम हो गई थीं
पतंग कट गई थी
ये मंजर भी अब खो गया है
फकत तेरी यादें अब अफ़साना बन कर लिखी जा रही हैं

---

1. गुफ़्तगू = बातचीत 2. दीद का मुंतज़िर = देखने की आकांक्षा करने वाला
3. माज़ी = गुज़रा हुआ, विगत, बीता हुआ युग 4. बगलगीर = पडोस मे

बदलाव

अहले अदम[1] हुए
वो लोग जो अहले करम[2] होते थे
अहले जिगर[3] भी कहां रहे
अहले वतन[4] भी अब नहीं
अब तो साथ अहवाल[5] के
अहले इंसान[6] बदलते है

1. अहले अदम = स्वर्गवासी 2. अहले करम = मित्र 3. अहले जिगर = मुहब्बत करने वाले 4. अहले वतन = देशप्रेमी 5. अहवाल = हालात 6. अहले इंसान = इंसान

ठूंठ

तुमने क्या छोड़ी महफ़िल हम तन्हा हो गये
कल गुलाब की पखुड़ियां बिखर गई थीं
अपने जब छोड़ के जाते हैं, तो इंसान
एक बदसूरत ठूंठ सा हो जाता है।

इबारत

ज़िन्दगी क्या है?
खुशी का खज़ाना या गम का दरिया
या के रगों के बनने बिगड़ने
और उसके शब्दों अर्थों का तानाबाना
जो बन गया एक पहेली
न कोई साथी न सहेली
न कोई रिश्तेदार न नातेदार
बस अकेले ही पार करना है दरिया
दरिया[1] तो क्या? दुनियां एक नदी है
किनारा क्या है? फिर कहां जाना है
बड़ा बनना है आसमान से ऊपर जाना है
या बस वक्त की छत पर
अपनी कटी पतंग के गिरने का इन्तज़ार करना है या
रगों में बहते लहू के जमने का
सासों की नाव के थमने का
या पांव उखडने का इंतज़ार।
इतनी उलझन है, क्या शायद है?
मगर इसे खेल खेल में सुलझाना है
बस अकेले ही आये और जाना है।
सब अपना अपना दांव चल चुके
और पांसा हवा में है, क्या आयेगा?
क्या सब कुछ तुम्हारे मुताबिक होगा
या नतीजा कुछ और आयेगा
ख्वाहिशें[2] उग आई है ज़हन की ज़मीन पे
लहलहाते है सपने जो लगता है मेरे अपने है
ख्वाहिशें और अन्जाम[3] के खेल में
कौन जीतेगा किसकी हार होगी

सब सवाली हैं उसका खेल है।
सब खिलोने है तो क्या कर्म कुछ नहीं
कर्म है परिणामों की दुनियां में अच्छा अन्जाम
अच्छा कर्म निर्धारित करता है तो मालिक तू है।
या वो जल्वागर[4] है नहीं! वही तो फैसला करता है।
कदम सही था या नहीं।
शायद दोनो ज़रूरी है लेकिन वो जो
चाहेगा वो होगा तो खेलो ये खेल बस
बिना ये सोचे कि अन्जाम क्या होगा
कर्म ही में छिपा है। तेरा अन्जाम
फैसला वो ही करेगा कि
तूने कितनी शिद्दत[5] से
किया काम बिना सोचे अन्जाम
ख्वाहिशों और अन्जामों का खेल
है ये जल्वागर जिसे चुनता है, कर्म तो तू करता है।
वो फैसला करता है। यही इसकी इबारत[6] है।

---

1. दरिया = नदी 2. ख्वाहिशें = उम्मीद, आकांक्षा 3. अन्जाम = परिणाम 4. जल्वागर = ज्योतिमान, प्रकट, ज़ाहिर, नमूदार 5. शिद्दत = प्रबलता 6. इबारत = परिभाषा

डॉ. महेन्द्र सिंह सिकरवार

तखल्लुस	–	''समीर''
शिक्षा	–	बी.एस.सी., एम.ए. (राजनीति विज्ञान) पीएच.डी, एल.एल.बी.
सेवा	–	भारतीय पुलिस सेवा 2003
वर्तमान	–	पुलिस महानिरीक्षक, रीवा जोन, रीवा मप्र, जिला-श्योपुर, शिवपुरी, खंडवा और जबलपुर में पुलिस अधीक्षक रहे 1989 से पुलिस विभाग मे रहकर कई पदों पर सेवारत रहे
खेलों में रूचि	–	हॉकी, क्रिकेट, फुटबाल, सायकलिंग एवं योग
वर्तमान	–	उज्जैन संभाग क्रिकेट एसोसिएशन के चेरमैन देवास जिला क्रिकेट एसोसिएशन के अध्यक्ष
पुरुस्कार	–	राष्ट्रपति का पुलिस सेवा मेडल, ज्योति पदक, राष्ट्रपति स्काउट पदक, समाज रत्न पदक इसके अतिरिक्त पुलिस सेवा हेतु अनेकों पुरुस्कार